馬面《ばめん》

伍

妖怪道中《ようかいどうちゅう》三国志《さんごくし》

炎《ほのお》の風吹《ふ》け
妖《よう》怪《かい》大《たい》戦《せん》

三田村信行・作
十々夜・絵

登場人物紹介《しょうかい》

蒼太《そうたい》（早川蒼一《はやかわそういち》）
妖怪《ようかい》ゲームの達人《たつじん》。今は「三国志《さんごくし》ゲーム」にはまり、三国志《さんごくし》のことをよく知っている。

夏花《かか》（大河原夏実《おおかわらなつみ》）
“考えるより行動！”派《は》。正義感《せいぎかん》が強く、好奇心《こうきしん》おうせい。

佐山信夫《さやまのぶお》（信助《しんすけ》）
歴史大好《れきしだいす》きな「江戸《えど》時代オタク」。佐山博士《さやまはかせ》と未来《みらい》にいたが、三国《さんごく》時代へやってきたばかり。

これまでのお話は…

歴史《れきし》学者・佐山博士《さやまはかせ》が発見した三国《さんごく》時代の予言書《よげんしょ》をうばい、歴史《れきし》を変《か》えようとした妖怪《ようかい》は追いつめられ、自害《じがい》した。が、博士《はかせ》と巻物《まきもの》はゆくえ不明《ふめい》に。

名前を変《か》え孔明《こうめい》・張飛《ちょうひ》とともに三国《さんごく》時代を旅していた蒼太《そうたい》と夏花《かか》は、未来《みらい》からやってきた佐山博士《さやまはかせ》の孫《まご》の信夫《のぶお》と再会《さいかい》した。未来《みらい》をまもるためには「赤壁《せきへき》の戦《たたか》い」を起こすことが必要《ひつよう》と考える三人。ところが、呉《ご》の柴桑《さいそう》の対岸《たいがん》へ来たとき、衝撃《しょうげき》の事実を知る。いっしょに旅をしてきた孔明《こうめい》は、実は双子《ふたご》の弟「孔晴《こうせい》」で、本物の孔明《こうめい》は、病《やまい》で死亡《しぼう》したというのだ。「孔明《こうめい》といれかわり、孔明《こうめい》として行動する」と決意した孔晴《こうせい》を支《ささ》えることになった蒼太《そうたい》たちは…？

孔晴《こうせい》
天才軍師《ぐんし》「孔明《こうめい》」の双子《ふたご》の弟。
争《あらそ》いごとがきらいで気弱にもかかわらず、兄のかわりに「孔明《こうめい》」として呉《ご》へ行くことに。
孔明《こうめい》
天才的《てき》な能力《のうりょく》をもつ軍師《ぐんし》だが、「赤壁《せきへき》の戦《たたか》い」直前に病死《びょうし》。
張飛《ちょうひ》
「三国志《さんごくし》」の重要《じゅうよう》人物。天下無敵《むてき》の豪傑《ごうけつ》だが、じつは妖怪《ようかい》が苦手。
曹操《そうそう》
「三国志《さんごくし》」の英雄《えいゆう》。強大な力をたくわえ中国統一《ちゅうごくとういつ》をめざす。
周瑜《しゅうゆ》
呉《ご》の参謀《さんぼう》。孔明《こうめい》と協力《きょうりょく》し、魏軍《ぎぐん》をむかえうつ作戦《さくせん》を提案《ていあん》。
黒風怪《こくふうかい》
魏《ぎ》の曹操《そうそう》の命令《めいれい》で、孔明《こうめい》をつけねらう「間者《かんじゃ》」（スパイ）。
佐山博士《さやまはかせ》
信夫《のぶお》の祖父《そふ》で、歴史《れきし》学者。中国《ちゅうごく》の歴史《れきし》が専門《せんもん》。

ところで「赤壁《せきへき》の戦《たたか》い」ってなーに…？

もくじ

蒼太《そうた》たちが起こそうとしている「赤壁《せきへき》の戦《たたか》い」って…？

有名な『三国志《さんごくし》』は「魏《ぎ》」「呉《ご》」「蜀《しょく》」という3つの国が争《あらそ》う「三国《さんごく》時代」の物語。

その「三国《さんごく》時代」直前、いち早く強大な力をもった「魏《ぎ》」の曹操《そうそう》が、大軍《たいぐん》をひきいて「呉《ご》」の国に向けて進軍《しんぐん》してきた。「呉《ご》」が降伏《こうふく》すれば、曹操《そうそう》の天下となりかねない。それをくいとめたのが「赤壁《せきへき》の戦《たたか》い」だった――。

孔《こう》明《めい》をとりもどせ！

一

一そうの舟《ふね》が、こきざみにゆれながら暗い川をよこぎっていく。川ははば広く、対岸は闇《やみ》にしずんでいる。櫓《ろ》のきしる音と、ぴたぴたと船端《ふなばた》をあらう小さな波の音のほかは、物音ひとつしない。

舟《ふね》には船頭のほかに六人の人間が乗っていた。孔晴《こうせい》、張飛《ちょうひ》、孫乾《そんけん》、蒼太《そうたい》、夏花《かか》、信助《しんじょ》の六人だ。孔晴《こうせい》はへさきに立って、暗い水面に目をやっている。張飛《ちょうひ》と孫乾《そんけん》は、腕《うで》を組んで目をとじている。夏花《かか》、蒼太《そうたい》、信助《しんじょ》の三人は、とものほうにかたまっていた。

「やっとここまでたどりついたわね」

夏花《かか》がささやいた。

「ああ」

蒼太《そうたい》がうなずいた。

夏花《かか》と蒼太《そうたい》のふたりは、未来《みらい》からこの『三《さん》国志《ごくし》』の世界にやってきた。そして、曹操《そうそう》と孫権《そんけん》・劉備《りゅうび》の連合軍が赤壁《せきへき》で激突《げきとつ》する〈赤壁《せきへき》の戦《たたか》い〉を成功《せいこう》させるために、劉備《りゅうび》の軍師《ぐんし》孔《こう》明《めい》と護衛《ごえい》の張飛《ちょうひ》とともに、呉《ご》の柴桑《さいそう》めざして旅をつづけてきた。今、舟《ふね》はその柴桑《さいそう》に向かってすすんでいる。

「これからどうなるんだい」

信助《しんじょ》が聞いた。途中《とちゅう》からこの世界にやってきた信助《しんじょ》は、蒼太《そうたい》や夏花《かか》と同じようにこっちの世界の服に着がえていたが、まだなじまないらしく、しきりに体をもぞもぞさせている。

「それが問題なんだよなあ」

蒼太《そうたい》は、暗い水面に見いっている孔晴《こうせい》をちらりと見ながらいった。

『三国志《さんごくし》』では、孔明《こうめい》が呉《ご》に乗りこんで、孫権《そんけん》や参謀《さんぼう》の周瑜《しゅうゆ》を曹操《そうそう》に立ちむかうよう説得《せっとく》し、さまざまな計略《けいりゃく》をほどこして赤壁《せきへき》の戦《たたか》いを勝利《しょうり》にみちびくことになっている。ところが、今、舟《ふね》のへさきに立っているのは、孔明《こうめい》の双子《ふたご》の弟の孔晴《こうせい》だ。孔明《こうめい》はゆうべ柴桑《さいそう》で亡《な》くなっている。そのため、孔晴《こうせい》が孔明《こうめい》として呉《ご》に乗りこみ、赤壁《せきへき》の戦《たたか》いにのぞむことになった。孔明《こうめい》がいなければ、赤壁《せきへき》の戦《たたか》いは曹操《そうそう》の勝利《しょうり》に終わる可能性《かのうせい》があるからだ。

そんなことにならないように、孫乾《そんけん》も張飛《ちょうひ》も、もちろん蒼太《そうたい》も夏花《かか》も信助《しんじょ》も、孔明《こうめい》として呉《ご》に乗りこんでくれるように孔晴《こうせい》にたのみこんだ。孔晴《こうせい》も承知《しょうち》した。けれど、争《あらそ》いごとがきらいで、なんだかたよりない孔晴《こうせい》に、天才軍師《ぐんし》孔明《こうめい》の役がつとまるかどうか、蒼太《そうたい》はだんだん不安《ふあん》になってきていたのだ。

「孔晴《こうせい》さんがうまくやってくれればいいんだけど……」

「大丈夫《だいじょうぶ》よ。孔晴《こうせい》さんなら、絶対《ぜったい》やってくれる！」

夏花《かか》が、強い口調でいった。

「お夏《なつ》……じゃなかった、夏花《かか》は、ずいぶんあの人のこと信《しん》じてるみたいだな」

信助《しんじょ》が、ちょっとびっくりしたように、夏花《かか》を見た。

「あたしたちが信《しん》じてあげなくてどうするのよ。未来《みらい》の世界は、孔晴《こうせい》さんの活《かつ》躍《やく》にかかってるんだから。そうでしょ、蒼太《そうたい》」

「うん」

蒼太《そうたい》はすなおにうなずいた。

夏花《かか》のいうとおりだ。孔晴《こうせい》が赤壁《せきへき》の戦《たたか》いを勝利《しょうり》にみちびくことができなければ、歴史《れきし》が変《か》わり、その結果《けっか》、未来《みらい》の世界も変《か》わってしまう。孔晴《こうせい》を信《しん》じるしかない。蒼太《そうたい》は、胸《むね》の内にくすぶる不安《ふあん》を追いはらった。

闇《やみ》にしずんでいた向こう岸に、ぼーっとにぶい明かりが帯《おび》のように広がった。どうやら柴桑《さいそう》に近づいたようだ。しかし、舟《ふね》はその明かりから逃《のが》れるように、へさきをななめ前方に向けてすすんでいく。やがて明かりは後方にすぎさり、向こう岸はふたたび闇《やみ》にしずんだ。すると舟《ふね》はへさきをまた向こう岸に向けた。

しばらくすると、前方に細い流れが見えてきた。支流《しりゅう》のようだ。舟《ふね》はその流れに乗りいれると、少しすすんで、右手の運河《うんが》のような水路《すいろ》にはいった。水路《すいろ》は右に左に枝《えだ》わかれしている。舟《ふね》はそのうちの一本にはいった。しばらくすすむと、水門があった。口はひらいている。水門をくぐると、そこは大きな池で、岸辺《きしべ》に船着き場があり、その向こうに屋根がそりかえった建物《たてもの》が黒々とそびえている。どうやらここは大きな屋敷《やしき》で、運河《うんが》から直接屋敷《ちょくせつやしき》の中にはいれるようになっているようだ。

「ここはどこなんだ」

船着き場に上がった張飛《ちょうひ》が、ぎょろりと目をむいた。

「柴桑《さいそう》の郊外《こうがい》にある呉《ご》の重臣《じゅうしん》の別荘《べっそう》だ。孔明軍師《こうめいぐんし》は、病に倒《たお》れてからずっとここで静養《せいよう》されていた」

孫乾《そんけん》がいった。

「屋敷《やしき》の者に秘密《ひみつ》はもれないんですか」

建物《たてもの》のほうに歩いていく船頭を見ながら、孔晴《こうせい》がたずねた。孫乾《そんけん》は首をふった。

「ここで働《はたら》いているのは、船頭もふくめて夏口《かこう》から連れてきた者たちばかりです。みな、劉備《りゅうび》さまをしたっていますから、秘密《ひみつ》をもらす心配はありません」

「それならいい。孔明軍師《こうめいぐんし》が入れかわったなんてことが外にもれたら、すべてがおじゃんになってしまうからな」

張飛《ちょうひ》がほっとしたようにうなずいた。

船頭が知らせたのだろう、明かりを持った男が船着き場にやってきた。

「お帰りなさいませ」

男は、軽く頭をさげると、先に立って建物《たてもの》に向かった。みんなそのあとについていった。

建物《たてもの》の中には明かりがついていたが、外にもれないように、窓《まど》という窓《まど》に黒い布《ぬの》がたれ下がっていた。

「わしの留守《るす》ちゅう、だれか訪《たず》ねてきたか」

広間にはいると、孫乾《そんけん》が男をかえりみた。

「はい。昼すぎに、周瑜《しゅうゆ》さまのお使いの方が見えました。周瑜《しゅうゆ》さまは、明日赤《せき》壁《へき》の本陣《ほんじん》に出立《しゅったつ》なさるので、ぜひ孔明《こうめい》さまにお会いして、作戦《さくせん》について話しあいたく、明朝早くお訪《たず》ねしたいということでした」

「なんと、あぶないところであった」

「うむ。間に合ってよかったわ」

孫乾《そんけん》と張飛《ちょうひ》は、顔を見あわせて、ほうっと大きな息をついた。

「兄上の亡骸《なきがら》はどこです」

孔晴《こうせい》が孫乾《そんけん》をふりかえった。

「いつだれが見まいにくるかわからないので、病気のように見せかけて、奥《おく》の寝室《しんしつ》に寝《ね》かせてあります」

「では、兄上に最後《さいご》のお別《わか》れをしてきます。しばらくのあいだ、ひとりにしておいてください」

孔晴《こうせい》は頭をたれ、重い足どりで広間をでていった。

「やはり、だいぶまいっているようだな」

孫乾《そんけん》がつぶやいた。

「無理《むり》もない。あまりにも突然《とつぜん》だったからな」

張飛《ちょうひ》がうなずいた。

「それにしても、あの孔明軍師《こうめいぐんし》が亡《な》くなられるとは……なんといったらいいか、悲しくて、悲しくて、おれは、おれは……」

張飛《ちょうひ》は、肩《かた》をふるわせてしゃくりあげた。

「泣くな、張飛《ちょうひ》」

孫乾《そんけん》が声をはげましていった。

「そりゃあ、おれだって悲しい。だが、悲しむのはあとまわしだ。今は、新しい孔明軍師《こうめいぐんし》をもりたてて、周瑜《しゅうゆ》とともになんとしても曹操《そうそう》を討《う》ちゃぶらなければならん」

「そうだったな。おれとしたことが……はずかしいわい」

張飛《ちょうひ》は、なみだをぬぐって、照《て》れたようにわらった。

「ところで、その周瑜《しゅうゆ》だが、どんな男だ」

「切れ者だな。頭はいいし、決断力《けつだんりょく》もある。人をひきつける魅力《みりょく》も十分に持っている。弁舌《べんぜつ》もさわやかで、孔明軍師《こうめいぐんし》を支持《しじ》して、曹操《そうそう》と戦《たたか》うことに反対していた呉《ご》の重臣《じゅうしん》どもをみごとに説得《せっとく》してしまった。われらにとって、たのもしい味方だ」

「でも、周瑜《しゅうゆ》は危険《きけん》な男だよ！」

蒼太《そうたい》が叫《さけ》んだ。

「孔明《こうめい》さんを殺《ころ》そうとねらってるんだから」

「どういうことだ。なんで周瑜《しゅうゆ》が孔明軍師《こうめいぐんし》を殺《ころ》そうとするのか」

孫乾《そんけん》が、鋭《するど》い目で蒼太《そうたい》をにらんだ。

「周瑜《しゅうゆ》は、孔明《こうめい》さんの才能《さいのう》を恐《おそ》れているんです。今は、曹操《そうそう》と戦《たたか》うためにおたがいに力をあわせていても、いつかは敵味方《てき》に別《わか》れる。孔明《こうめい》さんが敵《てき》にまわったら、呉《ご》にとって脅威《きょうい》になる。だから、今のうちに殺《ころ》してしまおうと考えてるんです」

「それって、『三国志《さんごくし》』にのってること？」

夏花《かか》がたずねた。

「うん」

「だが、いくら周瑜《しゅうゆ》でも、孔明軍師《こうめいぐんし》をおおっぴらに殺《ころ》すことなど、できるはずあるまい」

張飛《ちょうひ》が頭をふった。

「それに、孔明軍師《こうめいぐんし》がおらねば、曹操《そうそう》との戦《たたか》いに勝てないではないか」

「周瑜《しゅうゆ》は、孔明《こうめい》さんの知恵《ちえ》を借《か》りて曹操《そうそう》を討《う》ちやぶる作戦《さくせん》を立てるまでは、孔《こう》明《めい》さんを大事にするけど、作戦《さくせん》を立てておえてしまえば、もう孔明《こうめい》さんの知恵《ちえ》は必要《ひつよう》ありません。それで、わなをしかけるっていうか、正当な理由をつけて孔《こう》明《めい》さんを殺してしまおうと考えてるんです」

「理由って、どういうことだい」

信助《しんじょ》が聞いた。

「たとえば――」

「ちょっと待って」

答えようとした蒼太《そうたい》を夏花《かか》がさえぎった。

「この話、孔晴《こうせい》さんにも聞かせておいたほうがいいわ。あたし、よんでくる」

夏花《かか》は身をひるがえして広間をでていったが、しばらくすると、あわただしくかけもどってきた。

「大変《たいへん》よ。孔晴《こうせい》さんが死んでる！」

夏花《かか》の金切り声が、広間の空気を切りさいた。

二

顔色を変《か》えた張飛《ちょうひ》を先頭に、一同は寝室《しんしつ》にかけつけた。うすい紗《しゃ》の布《ぬの》にかこまれた寝台《しんだい》には、孔明《こうめい》の亡骸《なきがら》が生きているかのように横たわり、寝台《しんだい》のわきに孔晴《こうせい》があおむけになってころがっていた。青白い顔をして、目をとじている。

「あたしが来たときも、こんなふうだったの」

夏花《かか》が、なみだ声でいった。

「ねむってるんだと思って、起こそうとしたら、手が冷《つめ》たいんで、びっくりしてみんなをよびにいったのよ」

張飛《ちょうひ》がひざをついて、孔晴《こうせい》の胸《むね》に耳をあてた。しばらくして頭を上げ、首をふった。

「なんてことだ」

孫乾《そんけん》が、悲痛《ひつう》な声を上げた。

「だれが、なんのために、孔晴《こうせい》どのを……」

「もしかしたら、周瑜《しゅうゆ》のしわざかもしれん」

張飛《ちょうひ》が蒼太《そうたい》をふりむいた。

「お前、いっただろう、周瑜《しゅうゆ》が孔明軍師《こうめいぐんし》を殺《ころ》そうとしてるとな」

「………」

蒼太《そうたい》は、張飛《ちょうひ》の声が聞こえなかったみたいに、ぼうぜんとつっ立っていた。

ショックでなにも考えられなかった。まさか、こんなことになるなんて！

「本物の孔明《こうめい》さんとまちがえられたんじゃないのかなあ」

信助《しんじょ》が、めがねをずり上げながらいった。

「まったくそっくりなんだから」

「おかしいぞ」

あらためて孔晴《こうせい》の体を調べていた張飛《ちょうひ》が、首をひねった。

「傷《きず》はどこにもないし、首をしめられたりもしていない。ねむっているような状態《じょうたい》だが、ただ息だけはしていない」

「どういうことだ」

孫乾《そんけん》が身を乗りだした。そのとき、

「やあ、どうも！」

いきなり陽気《ようき》な声がした。

一同がおどろいてふりむくと、寝台《しんだい》と反対側《がわ》のかべぎわに、どこからはいってきたのか、なまずひげをはやした、四十歳《さい》ぐらいの年かっこうの男が立っていた。

「ご親族の方々でやすか。ご苦労《くろう》さまでやす」

「お前はだれだ！」

張飛《ちょうひ》が丸い目をかっと見ひらいて、男をにらみつけた。

「あたしは走無常《そうむじょう》でやす」

「走無常《そうむじょう》だと!?」

「へえ。冥府《めいふ》、閻魔《えんま》の庁《ちょう》ともいいやすが、そこで使い走りをつとめておる者でやす」

「その走無常《そうむじょう》がなんの用だ」

「それが、そのう……へっへっへっ」

男は腰《こし》をかがめて、卑屈《ひくつ》なわらいをうかべた。

「なんだ、早くいえ！」

「へえ。あたしは、死んだ者を冥府《めいふ》へつれていく役目なんでやすが、今回、こちらの孔明《こうめい》

さんが亡《な》くなったからつれてこいと冥府《めいふ》から連絡《れんらく》があったときに、あいにくと遠出をしていやして、あわててこちらへやってきたんでやすが……」

「そうか、わかったぞ！」

張飛《ちょうひ》がひげをふるわせた。

「きさま、孔明軍師《こうめいぐんし》とまちがえて、孔晴《こうせい》どのを冥府《めいふ》につれてったな！」

「へ、へえ、そのとおりでやす。なにしろ、あわててたもんでやすから、寝台《しんだい》につっぷしている人を孔明《こうめい》さんだと思ってしまって、すぐに魂《こん》を抜《ぬ》いて冥府《めいふ》へつれていったんでやす。ところが、人ちがいだと分かって、役人にさんざん怒《おこ》られてしまいやした。というわけで、あらためて本物の孔明《こうめい》さんをつれに来たんでやす」

「それで、孔晴《こうせい》どのはどうしておられるのだ」

孫乾《そんけん》が聞いた。

「役所に留《と》めおかれていやす。あたしが孔明《こうめい》さんをつれていけば、いれかわりにこっちにもどってこられやす」

「じゃあ、生きかえるんだね！」

蒼太《そうたい》の顔がぱっと明るくなった。

「もちろんでやす。魂《こん》を体にもどせば、生きかえりやす」

「だったら、さっさと孔明《こうめい》さんをつれていって、孔晴《こうせい》さんをつれもどしてきなさいよ！」

夏花《かか》がかみつくようにいった。

「へ、へい」

夏花《かか》の勢《いきお》いにびっくりした走無常《そうむじょう》は、飛《と》び上がるようにして寝台《しんだい》にかけよった。紗《しゃ》の布《ぬの》をあけ、横たわっている孔明《こうめい》の額《ひたい》のあたりに手をかざし、口の中でぶつぶつと呪文《じゅもん》のようなものをとなえた。

すると、横たわっていた孔明《こうめい》が、すーっと半身を起こした。が、寝台《しんだい》には体がそのままのこっている。起き上がった孔明《こうめい》は、蝉《せみ》が殻《から》からぬけでるように、横たわった体からぬけでて、寝台《しんだい》をおりた。走無常《そうむじょう》は、先に立って孔明《こうめい》を反対側《がわ》のかべぎわにみちびくと、かべに向かってぶつぶつつぶやいた。と、かべに黒いしみがぽつりとあらわれた。しみはどんどん大きく広がっていき、やがて楕円形《だえんけい》の黒い穴《あな》になった。

走無常《そうむじょう》は、孔明《こうめい》をうながして、かべの穴《あな》にはいっていった。ふたりの姿《すがた》が黒い穴《あな》にすいこまれるようにして消えると、穴《あな》はしだい小さくなっていき、しみから点になり、ふっと消えて、かべはもとどおりになった。

「行っちゃった……」

信助《しんじょ》がふうっと息をついた。

「孔晴《こうせい》さん、早くもどってきて」

夏花《かか》がいのるようにつぶやいた。

「心配するな。すぐもどってくるわ」

張飛《ちょうひ》が、いつになくやさしく、夏花《かか》をなぐさめた。

一同は、走無常《そうむじょう》が消えたかべを見つめながら、待った。けれど、それから一時《いっとき》（二時間）あまりたっても、かべは白いままでなんの変化《へんか》も起きなかった。

「なにを手間取っておるのだ」

孫乾《そんけん》が、いらいらしたようにかべをたたいた。

「まあ、冥府《めいふ》にもいろいろ都合があるのだろうさ」

張飛《ちょうひ》がなだめるようにいった。

「しかし、周瑜《しゅうゆ》がやってくるまでに孔晴《こうせい》どのにもどってきてもらわねば、大変《たいへん》なことになるぞ」

「それはそうだが、じたばたしてもはじまらん。あせらずに待つことだ」

張飛《ちょうひ》は落ちつきはらって、ひげをしごいている。

「張飛《ちょうひ》さん、いやに落ちついてるな」

蒼太《そうたい》は夏花《かか》にささやいた。

「いざとなったら、なにか秘策《ひさく》があるのかもしれない」

「そうだといいんだけど……」

夏花《かか》は、不安《ふあん》げにかべを見つづけた。

それからまた、半時《はんとき》ちかくたった。

「来た！」

信助《しんじょ》が叫《さけ》んで、かべを指さした。

白いかべに黒いしみがうきでて、しだいに大きくなり、楕円形《だえんけい》の穴《あな》になると、走無常《そうむじょう》がのっそりとでてきた。ひとりだった。

「孔晴《こうせい》どのはどうした！」

孫乾《そんけん》がどなった。

「それが、そのう……」

走無常《そうむじょう》は、困《こま》ったように頭をかいた。

「ちょっとまずいことになりやして」

「なんだ、まずいこととは？」

「へえ。まちがって冥府《めいふ》につれてきた者をつれもどすには、役所の長官《ちょうかん》の許可《きょか》がいるんでやすが、長官《ちょうかん》がいそがしいとかでなかなか許可《きょか》がもらえないんでやす。それで、下役の者に聞いたら、その長官《ちょうかん》は金にきたなくて、そでの下、つまりワイロを渡《わた》さなければ、引きわたしてくれないっていうんでやす。というわけで、いったんもどってきたんでやんす」

「いくらぐらいなのだ、ワイロは」

「へえ。銭《ぜに》五百枚《まい》ということでやす」

「なんだ、それくらいならすぐに用意できるぞ」

「いえ、こっちの銭《ぜに》じゃだめでやんす。冥銭《めいせん》でないと」

「冥銭《めいせん》って、あれだろ。金色で丸くて平べったくて、

まん中に冥《めい》っていう字がほりこんであるやつ」

蒼太《そうたい》がいった。死者の町である鬼市《きし》にまよいこんだときに見たのを思いだしたのだ。

「へえ。さようで。粘土《ねんど》を丸めて型《かた》を抜《ぬ》き、字をほりこんで金色にぬるんでやす。そんでもって、それを死んだ者に持たせてやると、冥府《めいふ》で通用するんでやす。まあ、今回はあたしが持っていきやすが」

「そんなものを五百枚《まい》も、今から作っている時間はない」

孫乾《そんけん》は当惑《とうわく》したようにまゆをしかめた。

「おい、走無常《そうむじょう》」

それまでだまっていた張飛《ちょうひ》が、口をはさんだ。

「お前、どこの村の者でなんという名前だ」

「へえ。あたしは竜河村《りゅうがそん》の者で、陸《りく》といいます」

「そうか。そこでちょっと待ってろ」

張飛《ちょうひ》は陸《りく》に命ずると、孫乾《そんけん》に歩みよって耳もとになにやらささやいた。

「分かった」

孫乾《そんけん》はうなずいて、寝室《しんしつ》をでていき、しばらくしてもどってくると、張飛《ちょうひ》に向かっていった。

「手配した」

「そうか。ご苦労《くろう》」

張飛《ちょうひ》はにやりとわらうと、陸《りく》に向きなおった。

「さて、走無常《そうむじょう》の陸《りく》さんよ。おれたちには、遅《おそ》くとも夜明けごろまでに孔晴《こうせい》どのを冥府《めいふ》からつれもどさなけりゃならんわけがある。だから、ワイロに使う冥《めい》銭《せん》を作っているひまはない。そこで、おれが直接冥府《ちょくせつめいふ》に乗りこんで、孔晴《こうせい》どのをひっさらってくることに決めた。お前、手助けしろ」

「ひぇっ、そ、そんなこと、できやせん」

陸《りく》は、なまずひげをふるわせ、顔の前で両手をふった。

「だんな方に手を貸《か》したのが知れたら、あたしは重い罰《ばつ》を受けやすんで」

「なに、あとで冥銭《めいせん》を千枚《まい》でも二千枚《まい》でも作ってやるから、それをワイロに使って、罰《ばつ》を逃《のが》れればよかろう。それにな、陸《りく》さんよ、どうあってもお前はおれのいうことを聞かなければならんのさ」

「ど、どういうことでやんす」

陸《りく》は、不安《ふあん》そうに張飛《ちょうひ》を見やった。

「子どものころ、故郷《こきょう》のおれの家のちかくにも走無常《そうむじょう》がいた。そやつは、ある日とつぜんひっくりかえって、死んだようになる。だが、家族も近所の人もだれひとり心配しない。二日か三日もたてば生きかえってぴんぴんするのを知っておるからだ。つまり、死んだようになっているあいだ、そいつは冥府《めいふ》の用をつとめておるのだな。

そやつの家族から聞いた話では、そやつが走無常《そうむじょう》になっているあいだ、のこっている体を、大事に見はっているそうだ。体がなくなってしまえば、生きかえることはできないからというのだな。

そこでだ、陸《りく》さんよ。人をやって、竜河村《りゅうがそん》のお前の家を見はるように、さっき手配した。お前がいやだといえば、すぐに使いを走らせ、お前の体を焼《や》くように命じてある。灰《はい》になってしまえば、お前は二度と生きかえることはできないぞ。だから、おとなしくおれのいうことを聞くんだな」

張飛《ちょうひ》は、丸い目でぎょろりと陸《りく》をにらみつけた。

（そうか。これがいざというときの張飛《ちょうひ》さんの秘策《ひさく》だったんだ！）

蒼太《そうた》は、張飛《ちょうひ》がおちついていたわけが分かった。

「そ、そんな……ひ、ひどいでやす」

陸《りく》は泣《な》きべそをかいた。

「まあ、おれもほんとうはこんなことはしたくない。だが、やむを得《え》んのだ。たのむ。このとおりだ」

張飛《ちょうひ》は、にらみつけるかわりに、今度は陸《りく》に向かって頭をさげた。

三

「分かりやした。やりやしょう」

陸《りく》は、思いきったようにうなずいた。

「おお、やってくれるか」

張飛《ちょうひ》は、ほっとしたようにひげづらをほころばせた。

「そのかわり、罰《ばつ》を逃《のが》れるためのワイロとして、冥銭《めいせん》二千枚《まい》をいただきやす」

「心配するな。かならず用意する」

孫乾《そんけん》がうけあった。

「ありがとうございやす。じつをいうと、冥銭《めいせん》は冥府《めいふ》からこっちに持ってくると、本物の銭《ぜに》に変《か》わるんでやす」

陸《りく》はずるそうに目を細めた。どうやら、罰《ばつ》を逃《のが》れるためのワイロの一部をかすめとるつもりのようだ。

「冥銭《めいせん》をどう使おうと、お前の勝手だ。それより、早くおれを冥府《めいふ》へつれていってくれ。武器《ぶき》は持っていけるんだろうな」

「へえ。身につけているものや手に持っているものならなんでも持っていけやす」

「そうか。ちょっと待っててくれ」

張飛《ちょうひ》はそういうと、足早に寝室《しんしつ》をでていき、蛇矛《じゃぼう》を持ってもどってきた。

「これでよし。さあ、行こうか」

「あたしも行く」

夏花《かか》が前にすすみでた。

「おれも行く」

「おれも」

蒼太《そうた》と信助《しんじょ》も夏花《かか》にならんだ。

「お前たちがいっしょだと、かえって足手まといになる」

張飛《ちょうひ》は首をふった。

「でも、もしかしたら、冥府《めいふ》には妖怪《ようかい》がいるかもしれないわよ」

夏花《かか》がいった。

「だから、あたしたちもいっしょに行ったほうがいいと思うの」

「まさか、冥府《めいふ》に妖怪《ようかい》はおらんだろう。なあ、陸《りく》さんよ」

「さあ、なんともいえやせんね」

陸《りく》は首をかしげた。

「あたしは冥府《めいふ》のすみずみまで知っているわけじゃありやせんで」

「くそっ。……しかたがない。お前たちもいっしょに来い。なにかの役には立つだろう」

あきらめたようにいうと、張飛《ちょうひ》は孫乾《そんけん》をかえりみた。

「孫乾《そんけん》、あとをたのんだぞ」

「まかしておけ」

孫乾《そんけん》は大きくうなずいた。

「孔晴《こうせい》どのを無事《ぶじ》に冥府《めいふ》からつれもどしてきてくれ」

「うむ。かならず成功《せいこう》してみせる」

張飛《ちょうひ》は、蛇矛《じゃぼう》の柄《え》の先で勢《いきお》いよく床《ゆか》を打った。

「陸《りく》さんよ、いつでもいいぞ」

「へえ。では、みなさん、横になって目をつむり、あたしがいいというまで、息を止めてくださいな」

陸《りく》の指図《さしず》で、みんな、いっせいに床《ゆか》に横になり、目をつむって息を止めた。

すると陸《りく》は、ひとりひとりに歩みよって、なにやら口でもごもごとなえながら、額《ひたい》に手をかざした。

「はい、目をあけて息をはいて、起きてようござんすよ」

みんな、陸《りく》にいわれたとおりにした。

「なによ、これ」

「どういうことだよ」

「どうなってんの」

夏花《かか》と蒼太《そうたい》と信助《しんじょ》は、おどろきの声を上げた。自分は立っているのに、足もとにもうひとりの自分が横たわっているのだ。

「人間には、魂《こん》と魄《はく》がそなわっていやす。あたしが今魂《こん》を抜《ぬ》いたんで、魄《はく》が体にのこっているんでやす。魂《こん》を入れなおせば、もとどおりになりやす」

「すると、おれたちは、魂《こん》なんだな」

張飛《ちょうひ》が聞いた。

「へえ。額《ひたい》にそのしるしがありやす」

そのことばに、蒼太《そうたい》たちは思わずおたがいを見やった。陸《りく》のいったとおり、それぞれの額《ひたい》には、冥《めい》という字が青黒くうきでていた。

「じゃあ、行きやすか。あたしのあとについてきてくださいやし」

陸《りく》は、前のようにかべに黒い穴《あな》を出現《しゅつげん》させると、先に立って穴《あな》にふみこんだ。

蛇矛《じゃぼう》をかかえた張飛《ちょうひ》がすぐあとにつづき、夏花《かか》、信助《しんじょ》、蒼太《そうたい》の順《じゅん》にかべの穴《あな》にはいっていった。

「うまくいけばよいが……」

孫乾《そんけん》は、かべの穴《あな》がみるみるうちに小さくなっていくのを見つめながら、つぶやいた。床《ゆか》には、魂《こん》がもどってくるのを待って、四つの体が静《しず》かに横たわっている。


黒い穴《あな》は、洞穴《ほらあな》のようにまがりくねりながら十間《けん》ほどつづいていた。やがて前方が明るくなり、出口にたどりついた。張飛《ちょうひ》も蒼太《そうたい》も夏花《かか》も信助《しんじょ》も、思わず目を見はった。大小さまざまな石の柱が、どんよりとした空のもと、目のとどくかぎり広がっていたのだ。

「石林《せきりん》でやす。冥府《めいふ》へ行くには、ここを通りぬけなくちゃなりやせん」

陸《りく》がいった。

石の柱は、人の背《せ》たけほどのものから、十丈《じょう》（一丈《じょう》は約《やく》三メートル）、二十丈《じょう》にもおよぶものまでさまざまで、みな、地面からまっすぐにのび、ほとんどすきまがないほどにびっしりと立ちならんでいる。

「あたしを見うしなわないようにしてくださいな」

石林に足をふみいれながら、陸《りく》がみんなをふりかえった。

「この中は入りくんでやすから、一歩まちがえると迷子《まいご》になって、冥府《めいふ》にたどりつけなくなりやす」

「そうすると、どうなるの？」

夏花《かか》が聞いた。

「迷《まよ》っているあいだに、のこした体が腐《くさ》ってしまい、もとにもどれなくなりやす」

陸《りく》は、なまずひげをひねって、にやりとわらった。

「そうして、永遠《えいえん》に石林をさまようようになるんでやす」

「ちょっと、そんなの、やだわ」

夏花《かか》と蒼太《そうたい》と信助《しんじょ》は、青ざめた顔を見あわせた。

「ごたくはいいから、さっさと行け」

張飛《ちょうひ》が、蛇矛《じゃぼう》の柄《え》の先で陸《りく》の背《せ》をついた。

「へえ」

陸《りく》はひょこひょこと歩きだした。

石の柱と柱のあいだは、人ひとり通れるぐらいのはばしかなかった。人ひとりどころか、腕《うで》が通るか通らないかぐらいのはばしかないところもたくさんあった。そういうところは行きどまりだから、まさに石林全体が巨大《きょだい》な迷路《めいろ》になっている。

走無常《そうむじょう》の陸《りく》は、石の柱のあいだを右に左にまがりながら、足早にすすんでいく。みんな遅《おく》れないようについていこうとするが、石林の中では陰気《いんき》な風がうずまいていて、ビュウビュウと吹《ふ》きつけてくるので、なかなか前へ進めない。おまけに、風にまじって泣《な》きさけぶ声や嘆《なげ》きかなしむ声、うらみ声やわめきののしる声などがたえまなく聞こえてくる。うす気味わるくて、背中《せなか》がぞくぞくしてくる。

「冥府《めいふ》に行く者たちの声でやすよ」

陸《りく》がふりかえって、いった。

「死んだ者たちは、たいてい、泣《な》いたり、嘆《なげ》いたり、うらんだり、怒《おこ》ったりしながら、ここを通って行くんでやす。その声が石のあいだにこもって、風が吹《ふ》くたびに聞こえてくるんでやす」

蒼太《そうたい》も夏花《かか》も信助《しんじょ》も、耳をおさえて前にすすんだ。それでも、うす気味わるい声は追いかけるように聞こえてきた。

それから半時《はんとき》ばかり歩いて、ようやく石林を抜《ぬ》けでることができた。前方にいかめしい作りの巨大《きょだい》な門が立っている。

「着きやした。あれが冥府《めいふ》の総門《そうもん》でやす」

陸《りく》が門を指さして、いった。

総門《そうもん》をくぐると、広い通りがまっすぐにのび、左右に少し細めの通りが規則《きそく》正しくよこぎっている。通りに沿《そ》って、屋根の先が反りかえった同じような建物《たても》が立ちならび、役人らしい男たちや、死者の町の鬼市《きし》で見かけた鬼卒《きそつ》などが通りを行きかっている。

「あたしたちを捕《つか》まえた馬面鬼《ばめんき》は、いないのかしら」

夏花《かか》が、通りを見まわしながらいった。

「あれは地方役人でやす。冥府《めいふ》にはおりやせん」

陸《りく》が首をふった。

まっすぐにのびた大通りの先には、大きくてりっぱな建物《たてもの》が建《た》っている。まるで宮殿《きゅうでん》のようだ。

「閻魔王《えんまおう》さまのおられる冥宮《めいきゅう》でやす」

陸《りく》がいった。

「孔晴《こうせい》どのはあそこにおるのか」

張飛《ちょうひ》が聞いた。

「いえ、ちがいやす」

陸《りく》は首をふると、通りをすすんでいき、冥宮《めいきゅう》の少し手前で左に折《お》れ、三つめの角で足を止めると、体を隠《かく》すようにして、

「あそこでやす」

ななめ向かいの建物《たてもの》を指さした。屋根つきの門の前に、長い棒《ぼう》を持った鬼卒《きそつ》が門番に立っている。

「例の長官《ちょうかん》の屋敷《やしき》でやす。孔晴《こうせい》さんは、奥《おく》の部屋にとじこめられているみたいでやす」

「よし。すぐにふみこんで、助けだそう」

張飛《ちょうひ》が蛇矛《じゃぼう》を持ちなおした。

「まず、あの門番をたたきふせてやる」

「ちょっと、待って」

蒼太《そうた》が張飛《ちょうひ》のそでを引いた。

「いきなりそんなことをしたら、大さわぎになって、孔晴《こうせい》さんを助けにくくなるんじゃない？」

「そうかもね」

夏花《かか》がうなずいた。

「門番の注意をそらして、そのすきに屋敷《やしき》にもぐりこめればいいんだけど……」

「いい考えがあるよ」

信助《しんじょ》がぱちんと指を鳴らした。

「おれたち三人が、門番の前でけんかするんだ。門番がそれに気を取られたすきに、張飛《ちょうひ》さんたちが屋敷《やしき》にはいってしまえばいい」

変顔《へんがん》を追って妖怪刑務所《ようかいけいむしょ》にやってきたとき、ろくろ首のお六《ろく》と火吹き小僧《ひふこぞう》が、刑務所《けいむしょ》にいる仲間《なかま》を助けるために、わざと捕《つか》まったことを信助《しんじょ》は思いだしたのだ。あれと同じようなことをすればいい。

「いい考えでやすな」

陸《りく》が賛成《さんせい》した。

「よし、行くぞ」

蒼太《そうたい》が先に立って角をまがった。信助《しんじょ》と夏花《かか》があとにつづいた。

四

三人は、なにげないふうをよそおって、孔晴《こうせい》がとじこめられている屋敷《やしき》の前を歩いていった。鬼卒《きそつ》はちらっと三人に目をやったが、すぐに視線《しせん》をもとにもどした。

屋敷《やしき》をちょっと行きすぎたところで、三人は足を止め、

「お前、なにやってんだよ！」

いきなり蒼太《そうたい》が叫《さけ》んで、信助《しんじょ》をひじでこづくと、

「なんだよ、おれがなにしたっていうんだ」

すかさず信助《しんじょ》がこづきかえした。

「ちょっと、やめなさいよ！」

夏花《かか》が、声をはり上げて割《わ》ってはいりながら、ちらっと屋敷《やしき》のほうに目をやり、

「まだだめよ。知らんぷりしてる」

と、ささやいた。

「だから、お前がぐずぐずしてるから、わるいんだ！」

「おれがいつぐずぐずしてた」

「やめてったら！　……こっち見てる。もう少し派手《はで》にやって」

「お前なんか、ぼこぼこにしてやる！」

蒼太《そうたい》が信助《しんじょ》になぐりかかった。

「やったなあ」

信助《しんじょ》がなぐりかえす。もちろんかっこ

うだけだが、はなれたところから見れば、なぐりあっているように見える。

「お願《ねが》い、やめて！　……こっちにやってくるわよ。もうひと息」

蒼太《そうたい》が信助《しんじょ》をおしたおした。信助《しんじょ》も負けじと起き上がろうとする。ふたりは取っくみあって地面をごろごろころがった。夏花《かか》が止めるふりをしながら、ちらちらと横目をつかう。

「その調子、その調子……あっ、張飛《ちょうひ》さんたちが門の中にかけこんだわよ。大《だい》成功《せいこう》……きゃあ、だれか止めてえ！」

夏花《かか》が金切り声を上げるのとほとんど同時に、どすどすと大きな足音を立てて、鬼卒《きそつ》がかけよってきたかと思うと、長い棒《ぼう》の先を蒼太《そうたい》の帯《おび》につっこんで、ぐいっと持ち上げた。

「わっ、や、やめて！」

宙《ちゅう》づりになった蒼太《そうたい》は、悲鳴を上げて手足をばたばたさせた。

「けんかは、やめるか」

「は、はい。や、やめます」

「それなら、いい」

鬼卒《きそつ》は、棒《ぼう》をおろして、帯《おび》から抜《ぬ》いた。信助《しんじょ》はそのあいだに起き上がっている。

「お前たち、仲《なか》よくするんだな」

そういって、鬼卒《きそつ》が屋敷《やしき》のほうにもどりかけたときだった。門から陸《りく》と孔晴《こうせい》と張飛《ちょうひ》が勢《いきお》いよく飛《と》びだしてきた。

「あっ、きさまたち！」

鬼卒《きそつ》はぎょうてんして、三人にかけよった。が、張飛《ちょうひ》の蛇矛《じゃぼう》のひとふりでふっ飛《と》んでしまった。

「逃《に》げるぞ、急げ！」

張飛《ちょうひ》がどなった。

陸《りく》を先頭に、みんなひとかたまりになって走った。何度か角をまがり、大通りにでると、そのまままっすぐ総門《そうもん》に向かった。

あと少しで総門《そうもん》にたどりつきそうになったとき、背後《はいご》がさわがしくなった。

ふりかえると、数十人の鬼卒《きそつ》が、ののしり声やわめき声を上げながらかさなりあうようにして追ってくる。

「来たか、ウジ虫どもめ」

張飛《ちょうひ》は、孔晴《こうせい》たちを背後《はいご》にかばうと、目を怒《いか》らせ、ひげをふるわせて蛇矛《じゃぼう》をかまえた。

追いついた鬼卒《きそつ》たちが、棒《ぼう》をふるっていっせいに張飛《ちょうひ》に襲《おそ》いかかった。張飛《ちょうひ》は、蛇矛《じゃぼう》を自分の手のようにあやつって、右に左に鬼卒《きそつ》たちを切りふせた。しかし、鬼卒《きそつ》たちは、切られても切られてもすぐにもとどおりになり、また襲《おそ》いかかってくる。

それでも張飛《ちょうひ》が、疲《つか》れも見せずに切りまくっていると、

「待て。そやつの相手はおれにまかせろ」

大きな声とともに、ひとりの男が張飛《ちょうひ》の前におどりでた。

「やっ、きさまは……」

張飛《ちょうひ》の丸い目がさらに丸くなった。

「呂布《りょふ》!」

「さよう。ひさしぶりだな、張飛《ちょうひ》」

男はにやりわらった。

「呂布《りょふ》って、だれ?」

信助《しんじょ》がささやいた。

「三国志《さんごくし》の英雄《えいゆう》のひとりよ。そうでしょ」

夏花《かか》が蒼太《そうたい》をかえりみた。

「うん」

蒼太《そうたい》がうなずいた。

「張飛《ちょうひ》さんと関羽《かんう》さんがふたりがかりで戦《たたか》ったんだけど、勝負がつかなかったくらい強かったんだ」

「きさまは、曹操《そうそう》に捕《と》らえられて、しばり首になったはずだな。なんで今ごろこんなところへのこのこでてくる」

張飛《ちょうひ》があざわらった。

「おれは、冥府《めいふ》のある高官《こうかん》のもとで働《はたら》いておる」

呂布《りょふ》がいった。

「あいつ、例《れい》の長官《ちょうかん》の用心棒《ようじんぼう》でやすよ」

陸《りく》がささやいた。

「その高官《こうかん》からきさまたちを捕《と》らえるようにたのまれたのだが、相手が張飛《ちょうひ》とあれば、話はべつ。冥府《めいふ》に来てから、おれの相手になるやつがいなくて、退屈《たいくつ》していたところだ。おれと勝負しろ、張飛《ちょうひ》」

呂布《りょふ》は、手に持った武器《ぶき》をぐいと高くかかげた。槍《やり》の穂先《ほさき》の根元に三日月形の刃《は》が横に取りつけられているかわった武器《ぶき》だ。

「きさまがこのおれの方天画戟《ほうてんがげき》をへしおることができたら、見のがしてやろう。もっとも、おれがきさまの蛇矛《じゃぼう》をまっぷたつにするほうが早いと思うがな」

「なに、やってみなければわからん。よし、その話、乗った。ちょっと待ってくれ」

張飛《ちょうひ》は、うしろをふりむいてささやいた。

「おれが呂布《りょふ》と戦《たたか》っているあいだに、すきをみて逃《に》げてくれ」

「しかし、それでは張飛《ちょうひ》どのがもどれなくなるかも……」

「おれのことはどうでもいい」

孔晴《こうせい》のことばにかぶせるように、張飛《ちょうひ》はいった。

「周瑜《しゅうゆ》がやってくるまでに、あんたにもどってもらわなくては、すべてがおしまいになる。陸《りく》、たのんだぞ」

張飛《ちょうひ》は呂布《りょふ》に向きなおった。

「呂布《りょふ》、行くぞ」

「おお、いつでも来い。関羽《かんう》がいなくて大丈夫《だいじょうぶ》か」

「ほざくな！」

張飛《ちょうひ》は、蛇矛《じゃぼう》をふり上げて呂布《りょふ》に打ちかかった。

「おおりゃあ」

「どっこい」

呂布《りょふ》は、方天画戟《ほうてんがげき》でがっちりと蛇矛《じゃぼう》を受けとめた。

それから、火花をちらすようなはげしい戦《たたか》いがはじまった。蛇矛《じゃぼう》と方天画戟《ほうてんがげき》が音を立てて打ちあわされ、体と体がはげしくぶつかりあってははなれ、はなれてはぶつかりあった。張飛《ちょうひ》も呂布《りょふ》も、息ひとつ乱《みだ》さず、地をけって躍《おど》り上《あ》がり、右に左にかけまわって打ちあった。

鬼卒《きそつ》たちは、あまりにすさまじいふたりの戦《たたか》いぶりに恐《おそ》れをなしたか、ずずずっとあとずさりして、遠巻《ま》きに見まもっている。

「今のうちに逃《に》げやしょう」

陸《りく》がみんなをうながして、そろそろと総門《そうもん》に向かってあとずさりしていった。だれも気がつかない。

「遅《おく》れないでついてきてくださいやしよ！」

総門《そうもん》をくぐると、陸《りく》は身をひるがえして石林にかけこんだ。孔晴《こうせい》をはじめ蒼《そう》太《たい》たちも、すぐあとにつづいた。

石林を抜《ぬ》けて洞穴《ほらあな》にはいり、暗い中をしばらく行くと、陸《りく》が立ちどまり、口の中でなにやらもぐもぐとなえた。と、目の前にぽかりと楕円形《だえんけい》の穴《あな》が口をあけた。その穴《あな》をくぐると、そこは孔明《こうめい》の亡骸《なきがら》のある寝室《しんしつ》だった。むずかしい顔をした孫乾《そんけん》が、寝台《しんだい》のわきに立っていた。すでに夜は明けているようで、窓《まど》の外はほんのりと明るくなっていた。

「おお、もどられたか！」

かべからでてきた孔晴《こうせい》を見て、孫乾《そんけん》はほっとしたように笑顔《えがお》になった。

「なんの、なんの。あなたがもどってこられたのがなにより。で、張飛《ちょうひ》はどうしました」

「ご心配をおかけしました」

孔晴《こうせい》は深々と頭をさげた。

「それが……」

孔晴《こうせい》は、張飛《ちょうひ》がもどらなかったわけを話した。

「ふむ。まあ、張飛《ちょうひ》のことだから、なんとかするでしょう」

孫乾《そんけん》は、自分にいいきかせるようにいった。

「ねえ、ちょっと、陸《りく》さん。あたしたちを早く体にもどしてよ」

夏花《かか》が叫《さけ》んだ。

「承知《しょうち》しやした。では、みなさん、目をつむって大きく息を吸《す》い、そのまま息を止めて、十まで数えたら息を吐《は》き、目をあけてくださいやし」

陸《りく》にいわれたとおり、蒼太《そうたい》はすーっと大きく息を吸《す》い、そのまま止めて、一、二、三と数えだした。十まで数えてふーっと息を吐《は》き、目をあけた。最初《さいしょ》に目に飛《と》びこんできたのは、なにかの花だった。まばたきしてもう一度よく見ると、それは部屋の天井《てんじょう》に描《えが》かれた花のもようで、自分は床《ゆか》に横たわって天井《てんじょう》を見ているのだった。おどろいて起き上がると、夏花《かか》と信助《しんじょ》、そして孔晴《こうせい》も半身を起こしていた。

「あっ」

「ないわ！」

「消えた！」

蒼太《そうたい》と夏花《かか》と信助《しんじょ》は、おたがいに顔を見あって、同時に叫《さけ》んだ。額《ひたい》にうきでていた冥《めい》の字が消えていたのだ。

「みなさんの魂《こん》は、無事《ぶじ》体にもどり、これで魂魄《こんぱく》そろいやした」

陸《りく》がなまずひげをひねりながら、いった。

そこへ、使用人の男がはいってきた。

「ただいま、周瑜《しゅうゆ》さまがまいられまして、孔明軍師《こうめいぐんし》にごあいさつしたいとおっしゃっておられます」

「そうか。広間にお通ししておけ。軍師《ぐんし》はしばらくしたらまいるゆえ」

孫乾《そんけん》は、使用人にそういいつけると、孔晴《こうせい》に向きなおった。

「孔晴《こうせい》どの。いよいよ本番ですぞ。心がまえはよろしいかな」

「大丈夫《だいじょうぶ》です」

孔晴《こうせい》は、緊張《きんちょう》しているのか、少し青ざめた顔をしていたが、きっぱりとうなずいた。

「かならず、兄上になりきってみせます」

「たのみましたぞ。そうだ、お前たちにも一役かってもらおう」

孫乾《そんけん》は、蒼太《そうた》たちをかえりみた。

それからしばらくして、一同は広間にでていった。先頭に孫乾《そんけん》が立ち、孔晴《こうせい》は両わきによりそった蒼太《そうたい》と信助《しんじょ》の肩《かた》に左右の手をおいて、いかにも病み上がりのようにゆっくりと歩いてくる。そのうしろから、薬のはいった水さしをのせたお盆《ぼん》を持って、夏花《かか》がつづいた。

「これは、孔明《こうめい》どの」

いすにすわっていた周瑜《しゅうゆ》が、広間にはいってくる孔晴《こうせい》を見て、少しおどろいた顔つきで腰《こし》をうかした。

「もうよろしいのか」

「ええ。だいぶよくなりました」

孔晴《こうせい》はにこりとわらって、うなずいた。

「孔明《こうめい》どのが元気になられたからには、曹操《そうそう》に勝ったも同然《どうぜん》。こんなよろこばしいことはない」

周瑜《しゅうゆ》は顔をほころばせた。年は三十歳《さい》半ばぐ

らいだろうか。色白で顔立ちのととのった美男子だ。

「よかった。孔明《こうめい》さんだと信《しん》じてるみたいね」

夏花《かか》が、ほっとしたようにささやいた。蒼太《そうたい》たち三人は、広間のすみにひかえていた。

「そっくりだもんね。見やぶれないよ」

信助《しんじょ》がうなずいた。

蒼太《そうたい》はだまっていた。でだしはまずまずのようだが、ほんとうにためされるのはこれからだと思っていた。

孔晴《こうせい》は、おちついて周瑜《しゅうゆ》と会話をかわしていた。周瑜《しゅうゆ》は、曹操軍《そうそうぐん》の動きや作《さく》戦《せん》のことなどを話したかったようだが、

「なにぶんにも軍師《ぐんし》は、病み上がりで体調が万全ではありません。作戦上《さくせんじょう》のことなどは、すっかり回復《かいふく》されてからじっくり話しあったほうがよいのではありませんか」

と、孫乾《そんけん》にやんわりと釘《くぎ》をさされた。

「では、それがしはこれにてお暇《いとま》いたす」

一時《いっとき》ちかく話したあと、周瑜《しゅうゆ》は立ち上がった。

「孔明《こうめい》どの、赤壁《せきへき》の本陣《ほんじん》でお待ちしておりますぞ」

「できるかぎり早くまいりましょう」

孔晴《こうせい》は笑顔《えがお》で答えた。

そのとき、どすどすと荒《あら》っぽい足音がして、張飛《ちょうひ》が広間に飛《と》びこんできた。

「もどったぞ！　走無常《そうむじょう》の陸《りく》がむかえに……」

大声でどなったが、周瑜《しゅうゆ》がいるのに気がついて、あわてて口を手でおさえた。

「おお、ちょうどよいところに来た」

孫乾《そんけん》がにこやかにいった。

「周瑜《しゅうゆ》どの、この男は張飛《ちょうひ》といって、劉備《りゅうび》さまの義弟《ぎてい》にあたる者。劉備《りゅうび》さまの命で孔明軍師《こうめいぐんし》の見まいにきたのです」

「おお、では、あなたが、長坂橋《ちょうはんきょう》で曹操《そうそう》の大軍をただひとりで追いはらったという豪傑《ごうけつ》ですか」

周瑜《しゅうゆ》はおどろいて張飛《ちょうひ》を見た。

「さよう」

張飛《ちょうひ》は、ひげをなでながら胸《むね》をそらした。

「それがしは、呉《ご》の参謀《さんぼう》をつとめる周瑜《しゅうゆ》ともうす。以後《いご》お見知りおきを」

「こちらこそよろしくお願《ねが》いもうす」

ふたりは、たがいの目をのぞくようにしながら、あいさつをかわした。

「なかなか鋭《するど》い目をしておる。油断《ゆだん》のならない男のようだな」

周瑜《しゅうゆ》が帰ると、張飛《ちょうひ》はつぶやいた。

「張飛《ちょうひ》さん、呂布《りょふ》をやっつけたのね」

夏花《かか》がいった。

「おおさ。やつの方天画戟《ほうてんがげき》をへしおってやったわい。そこへ陸《りく》がむかえにやってきたんで、いそいでもどってきたわけさ」

「わたしのせいで、みんなにめいわくをかけてしまった。すまない」

孔晴《こうせい》が頭をさげた。

「兄上のことやこれからのことを考えて、昨夜《さくや》から一睡《いっすい》もしていなかったので、つい兄上の亡骸《なきがら》のわきでいねむりをしてしまったのだ」

「まあ、これで孔晴《こうせい》どのは名実ともに孔明軍師《こうめいぐんし》になったのだから、よいのではないか。さて、走無常《そうむじょう》の陸《りく》に支払《しはら》う冥銭《めいせん》二千枚《まい》を作らせねばならん」

孫乾《そんけん》は、そういって広間をでていった。

「あっ、そうだ、張飛《ちょうひ》さん」

蒼太《そうた》が思いだしたようにいった。

「もう、陸《りく》さんの家の見はりはいらないでしょ。もどってくるようにいったら？」

「なに、その必要《ひつよう》はないわさ」

「えっ、どうして？」

「もともと見はりなんぞ行かせてはおらん。陸《りく》にいうことをきかせるために、わざと孫乾《そんけん》に耳打ちして、見はりを行かせたように見せかけただけだわ。どうだ、おれさまの知恵《ちえ》は。孔明軍師《こうめいぐんし》もかなうまいて。がははははは」

張飛《ちょうひ》の豪快《ごうかい》なわらい声が広間にはじけた。

びっくりぎょうてん周《しゅう》瑜《ゆ》の正体

一

赤壁《せきへき》を中心に、長江《ちょうこう》南岸に周瑜《しゅうゆ》にひきいられた三万の呉《ご》の水軍《すいぐん》が陣取《じんど》った。対岸の烏林《うりん》には、約《やく》十三万の曹操軍《そうそうぐん》が、軍船《ぐんせん》と軍船《ぐんせん》をつないで城壁《じょうへき》のようにならべた水上の要塞《ようさい》をつくり上げて、まもりをかためた。両軍《りょうぐん》は、長江《ちょうこう》をはさんでにらみあい、おたがいにけんせいしあいながら、決戦《けっせん》のときをうかがっていた。

孔明《こうめい》と張飛《ちょうひ》と孫乾《そんけん》、それに蒼太《そうたい》、夏花《かか》、信助《しんじょ》の六人は、本陣《ほんじん》から少しはなれた岸辺《きしべ》につながれている一そうの船を借《か》りて、宿舎《しゅくしゃ》にしていた。赤壁《せきへき》に来てから、ひと月あまりたっていた。

病がいえた孔明《こうめい》を、赤壁《せきへき》に陣取《じんど》った呉《ご》の武将《ぶしょう》たちのだれひとりとして、双子《ふたご》の弟だと見ぬく者はいなかった。天才軍師孔明《ぐんしこうめい》として、みな尊敬《そんけい》のまなざしで見つめ、話しかけ、ときには自分の宿舎《しゅくしゃ》に招《まね》いて、歓待《かんたい》した。しかし周瑜《しゅうゆ》は、なぜか孔明《こうめい》をさけているふうで、本陣《ほんじん》にも招《まね》かないし、自分のほうからやってくることもない。作戦会議《さくせんかいぎ》に招《まね》かれて孔明《こうめい》が出席《しゅっせき》しても、口をきこうともしないし、顔を合わせようともしない、無視《むし》しているとしか思えないような態度《たいど》だった。

「どういうことだろう」

孔明《こうめい》は首をひねった。

「柴桑《さいそう》で会ったときには、わたしの病がいえたのをあんなに喜《よろこ》んでいたのに——」

「たしかにおかしいですね」

孫乾《そんけん》も首をかしげた。

「孔明軍師《こうめいぐんし》の知恵《ちえ》を借《か》りないことには、曹操《そうそう》に勝てないことは周瑜《しゅうゆ》も十分に分かっているはずですからね」

「なにを考えておるのか、周瑜《しゅうゆ》は」

張飛《ちょうひ》が丸い目をぎょろりとさせた。

「どうなの、蒼太《そうたい》」

夏花《かか》が蒼太《そうた》に顔を向けた。

「『三国志《さんごくし》』でも、こんなふうになってるの？」

「いや、そんなことないと思う」

蒼太《そうた》は、首をふった。自分が知っている『三国志《さんごくし》』の世界では、周瑜《しゅうゆ》が孔明《こうめい》を無視《むし》するような場面はなかった気がする。

「もしかしたら周瑜《しゅうゆ》は、孔明《こうめい》さんが本物じゃないことに気がついたんじゃないかな」

だれもが心の底《そこ》で抱《いだ》いていた不安《ふあん》を、信助《しんじょ》がずばりと指摘《してき》した。

いくら顔かたちはそっくりでも、中身はまったくちがう。もちろん孔明《こうめい》は、亡《な》くなった兄が自分のために書きのこしてくれた文書を読みこんで、戦《いくさ》や政《まつりごと》の知識《ちしき》をたくわえた。しかし、まだほんとうに身についているわけではないから、恐《おそ》るべき孔明《こうめい》の才能《さいのう》を知っている周瑜《しゅうゆ》ならば、

「あの孔明《こうめい》が、こんなことも分からないのか」

「孔明《こうめい》には、こんな知識《ちしき》もないのか」

などと、不審《ふしん》に思うことがあってもおかしくない。そして、

「どうも、病に倒《たお》れる前の孔明《こうめい》と、病がいえてからの孔明《こうめい》とは、感じがちがうぞ」

と首をひねり、そこから、

「ひょっとして今の孔明《こうめい》は別人《べつじん》ではないか」

という疑《うたが》いを抱《いだ》くことは十分に考えられる。その疑《うたが》いをたしかめるために、わざと孔明《こうめい》を無視《むし》し、ひそかにようすをさぐっている——のだろうか？

「もうひとつ心配なことがあるよ」

信助《しんじょ》がつづけた。

「ほら、前に蒼太《そうたい》がいってたじゃないか。周瑜《しゅうゆ》が、将来呉《しょうらいご》の敵《てき》になるにちがいない孔明《こうめい》さんを、今のうちに殺《ころ》してしまおうって考えてることだよ」

今のところ、目立った動きはないが、周瑜《しゅうゆ》が孔明《こうめい》を殺《ころ》すのをあきらめたとは思われない。いずれなにかしかけてくるにちがいなかった。

「にせ者と見やぶられるか、わなをしかけられて絶体絶命《ぜったいぜつめい》におちいるか。どちらにしても、あんまりありがたくないなあ」

孔明《こうめい》はにがわらいした。周瑜《しゅうゆ》の思わくについては、赤壁《せきへき》に来る前に聞いていた。

「呉《ご》の重臣《じゅうしん》に魯粛《ろしゅく》という男がいます。わたしとは長年の友人です。柴桑《さいそう》から本《ほん》陣《じん》に来ていて、周瑜《しゅうゆ》といろいろ話しあっているようですから、周瑜《しゅうゆ》がなにを考えているか分かるでしょう。ころあいを見はからって本陣《ほんじん》に行き、それとなく聞いてみます」

孫乾《そんけん》がいった。

しかし、わざわざ本陣《ほんじん》に出向く必要《ひつよう》はなかった。それから数日後、魯粛《ろしゅく》のほうからとつぜんやって来たのだ。

「孔明《こうめい》どのに、折《お》りいってお話ししたいことがあります」

でっぷり太った体をゆすりながら船に上がると、魯粛《ろしゅく》はいった。

「なんでしょう」

「よろしければ、ふたりだけでお話ししたいのだが」

魯粛《ろしゅく》は、張飛《ちょうひ》や孫乾《そんけん》、蒼太《そうたい》たち

を見やった。

「そうですか。では、こちらへ」

孔明《こうめい》はうなずいて、魯粛《ろしゅく》を自分の船室に案内《あんない》した。

「なんだろうな、話って」

「わざわざやってくるところをみると、かなり重要《じゅうよう》なことのようだな」

「周瑜《しゅうゆ》にいわれて来たんじゃない？」

「いや、魯粛《ろしゅく》どの自身の考えがあってのことかもしれぬ」

「なんだかいやな予感がする」

蒼太《そうた》をはじめ残《のこ》った五人は、さまざまな憶測《おくそく》をめぐらせて、気をもんだ。

孔明《こうめい》と魯粛《ろしゅく》の話は、それから半時《はんとき》あまりかかった。話を終えると、孔明《こうめい》は船端《ふなばた》まで魯粛《ろしゅく》を送ってでた。

「では、明日」

「お待ちしております。くれぐれもそれがしの忠告《ちゅうこく》をおわすれなきよう」

魯粛《ろしゅく》は、そういいおいて、船をおりていった。

「軍師《ぐんし》、魯粛《ろしゅく》どのの話というのは、なんだったのです」

孔明《こうめい》が、なにやら考えこんだ顔つきで、みんなのいる船室にもどってくると、待ちかまえたように孫乾《そんけん》がたずねた。

「周瑜《しゅうゆ》どのが、呉《ご》の将来《しょうらい》のためにわたしを殺《ころ》そうとしているという話でした」

孔明《こうめい》はいった。さてはそのことだったかと、みんなのあいだに緊張《きんちょう》が走った。

「しかし、そのことをどうして魯粛《ろしゅく》どのがわざわざ教えに来たんでしょう」

孫乾《そんけん》は首をかしげた。

「魯粛《ろしゅく》どのは、周瑜《しゅうゆ》どのから相談を受けていたそうです」

魯粛《ろしゅく》は、周瑜《しゅうゆ》の考えにはげしく反対したという。孔明《こうめい》を殺《ころ》せば、とうぜん劉《りゅう》備《び》の怒《いか》りをかい、呉《ご》との同盟《どうめい》はこわれる。そうなれば曹操《そうそう》の思うつぼとなり、こんどの戦《いくさ》も負けるだろう。それに、孔明《こうめい》の知恵《ちえ》がなければ、曹操《そうそう》に勝つのはむずかしいのではないかと、周瑜《しゅうゆ》を説得《せっとく》した。

しかし周瑜《しゅうゆ》は聞きいれなかった。たとえ劉備《りゅうび》との同盟《どうめい》がこわれようと、孔明《こうめい》がいなくなろうと、かまわない。すでに曹操軍《そうそうぐん》の弱みをにぎっているので、こんどの戦《いくさ》はぜったいに勝てると、自信満々《じしんまんまん》なのだという。

そして明日、作戦会議《さくせんかいぎ》に孔明《こうめい》をよんで、とうていできそうもない仕事をうけおわせる。とうぜんできるわけはないから、軍法会議《ぐんぽうかいぎ》にかけて死罪《しざい》にしてしまう――というのが周瑜《しゅうゆ》の計画だった。

「その仕事というのがどんなものか、周瑜《しゅうゆ》どのは明かしてくれなかったそうだが、ともあれ、魯粛《ろしゅく》どのは、その仕事を受けないようにと、忠告《ちゅうこく》しに来てくれたのです」

受けなければ、周瑜《しゅうゆ》をはじめ、呉《ご》の重臣《じゅうしん》や武将《ぶしょう》たちからあざわらわれ、孔明《こうめい》の才能《さいのう》もたいしたことはないと軽蔑《けいべつ》され、なにが天才軍師《てんさいぐんし》だとばかにされるだろう。けれど、将来《しょうらい》のために、勇気《ゆうき》をだして一時《いっとき》のはじをしのぶ勇気《ゆうき》を持つようにと、魯粛《ろしゅく》は孔明《こうめい》を説《と》いた――。

「……というわけです」

孔明《こうめい》は、ふーっと大きな息をついた。

「できそうもない仕事をひきうけて、自滅《じめつ》するか、はじをしのんで断《ことわ》るか。正直いって、わたしにはどっちがいいか分からない」

「魯粛《ろしゅく》の忠告《ちゅうこく》にしたがうのは、考えものだな」

張飛《ちょうひ》がひげをしごいた。

「ここで孔明軍師《こうめいぐんし》の評判《ひょうばん》がおちれば、劉備軍《りゅうびぐん》にも大きな影響《えいきょう》がでる。孔明軍師《こうめいぐんし》の才能《さいのう》を恐《おそ》れていた敵《てき》が、もう恐《おそ》れる必要《ひつよう》がないと知って、かさにかかって攻《せ》めたててくるだろうからな」

「じゃあ、できそうもない仕事をひきうけるほうがいいってわけ？」

夏花《かか》が張飛《ちょうひ》をかえりみた。

「うーむ。みすみす孔明軍師《こうめいぐんし》を窮地《きゅうち》におとしいれるわけにもいかんし……」

張飛《ちょうひ》は頭をかかえた。

「じゃあ、どうしようもないじゃない」

「どうしようもなくないよ」

蒼太《そうた》のおちついた声がした。おどろいて、みんないっせいに蒼太《そうた》を見た。蒼《そう》太《たい》は笑《え》みをうかべながら、みんなを見かえした。

「ようやく、『三国志《さんごくし》』の世界になってきただけさ」

「どういうことかな。説明《せつめい》してくれないか」

孫乾《そんけん》がうながした。

「つまり、周瑜《しゅうゆ》が孔明《こうめい》さんにうけおわせる仕事の内容《ないよう》は分かっていて、孔明《こうめい》さんがどうやってやりとげるかも分かっているということです」

「分かった。それって、みんな『三国志《さんごくし》』に書いてあるんだ！」

夏花《かか》が叫《さけ》んだ。

「そのとおり」

蒼太《そうたい》は、ゆっくりとうなずいた。

「これまでは、おれの知ってる『三国志《さんごくし》』の世界からずれてることが多かったんだけど、こんどの、周瑜《しゅうゆ》が孔明《こうめい》さんに無理難題《むりなんだい》をふっかけるというのは、『三国志《さんごくし》』にちゃんとのっている。だから、その筋書《すじが》きどおりに行動すればいいわけさ」

「おお、蒼太《そうたい》どの。そなたはわれらの大恩人《だいおんじん》だわい！」

張飛《ちょうひ》がかけよって蒼太《そうたい》を抱《だ》き上《あ》げ、その頬《ほほ》にひげづらをごしごしすりよせた。

「ちょ、ちょっと、張飛《ちょうひ》さん、やめて！　く、くすぐったいってば！」

蒼太《そうたい》は、張飛《ちょうひ》の腕《うで》の中でばたばた暴《あば》れた。みんな大わらい。

「あのさ。今分かったんだけど……」

張飛《ちょうひ》が蒼太《そうたい》をおろすと、信助《しんじょ》が遠慮《えんりょ》がちに口をひらいた。

「周瑜《しゅうゆ》は、孔明《こうめい》さんをにせ者だと思ってないよ。だって、にせ者だと分かっていたら、無理難題《むりなんだい》をふっかけるようなめんどくさいことをわざわざする必要《ひつよう》ないだろ。すぐさま捕《つか》まえて殺《ころ》してしまえばいいんだからね」

「鋭《するど》い！　信助《しんじょ》、さえてるじゃん！」

夏花《かか》が勢《いきお》いよく信助《しんじょ》の背中《せなか》をたたいた。

「そ、それほどでも……」

信助《しんじょ》は照《て》れくさそうにわらって、めがねをはずし、上着のそででレンズをふいた。

二

つぎの日、孔明《こうめい》は、張飛《ちょうひ》と蒼太《そうたい》、夏花《かか》、信助《しんじょ》をつれて、本陣《ほんじん》に向かった。蒼《そう》太《たい》は杖《つえ》、夏花《かか》は薬のはいったつぼ、信助《しんじょ》は水のはいった瓶《かめ》を持っている。これは、孔明《こうめい》が病み上がりであることをまわりに見せるためだ。そして、張飛《ちょうひ》は護《ご》衛《えい》。孔明《こうめい》が外出するときは、いつもこの顔ぶれで行く。

本陣《ほんじん》は、大小さまざまの軍船《ぐんせん》がびっしりとうかんでいる岸辺《きしべ》から少しはなれた山のふもとにあった。天幕《てんまく》が何十となくならんだ中央に、ひときわ大きな天幕《てんまく》がはられている。そこが作戦会議《さくせんかいぎ》の場所だ。孔明《こうめい》たちはその中にはいっていった。

天幕《てんまく》の中は中央に広間があり、広間のまわりをいくつかの小部屋がぐるりと取りまいている。広間にはコの字形につくえがならべられていて、すでに周瑜《しゅうゆ》や魯粛《ろしゅく》とならんで、呉《ご》の武将《ぶしょう》たちがずらりと席《せき》についていた。

「これは孔明《こうめい》どの」

周瑜《しゅうゆ》や武将《ぶしょう》たちが立って孔明《こうめい》をむかえた。

「さあ、こちらへ」

「遅《おそ》くなって、もうしわけない」

孔明《こうめい》は軽く頭をさげて、定められた席《せき》についた。張飛《ちょうひ》は蛇矛《じゃぼう》を持ってそのうしろに立ち、蒼太《そうた》たちはすみにひかえた。

「さて、おのおのがた」

作戦会議《さくせんかいぎ》がはじまると、周瑜《しゅうゆ》がさっそく口をひらいた。

「いよいよ曹操《そうそう》との決戦《けっせん》のときがせまってまいった。準備《じゅんび》はよろしいかな」

「もちろんでござる」

「いつでも出陣《しゅつじん》できますぞ」

「兵《へい》たちもはりきっております」

「一刻《いっこく》も早く出陣《しゅつじん》したくて、うずうずしておりますわい」

「それはけっこう」

周瑜《しゅうゆ》は満足《まんぞく》げにうなずくと、孔明《こうめい》に顔を向けた。

「ところで孔明《こうめい》どの。曹操《そうそう》との決戦《けっせん》は水上で行われるが、水上での戦《たたか》いにおいていちばん有利《ゆうり》な武器《ぶき》はなんでしょうな」

――はじまったぞ。

蒼太《そうた》が、ひじで信助《しんじょ》の腹《はら》をつついた。

――わかってる。

信助《しんじょ》が、緊張《きんちょう》した顔でうなずく。

――しっ。だまって聞きなさいよ。

夏花《かか》がくちびるに指をあてた。

「それは、なんといっても弓矢でしょうね」

孔明《こうめい》はおちついて答えた。前日に、『三国志《さんごくし》』に記されているこれからのなりゆきについて、蒼太《そうた》からじっくり聞きとっていた。

「水上での戦《たたか》いには、弓矢がいちばん威力《いりょく》を発揮《はっき》します」

「それがしもそう思う」

周瑜《しゅうゆ》は大きくうなずいた。

「ところが、わが軍《ぐん》では、現在《げんざい》矢が大変不足《たいへんふそく》している。このままでは決戦《けっせん》をいどんでも曹操軍《そうそうぐん》を破《やぶ》ることなどとうていできそうもない。そこで孔明《こうめい》どのにお願《ねが》いするのだが、職人《しょくにん》を指図《さしず》して、十万本の矢をこしらえてはくださるまいか。日数は、決戦《けっせん》も間近なことでもあるし、十日でどうであろうか」

武将《ぶしょう》たちのあいだから、どよめきの声が上がった。十日間で十万本の矢を作るなど、だれが考えても無理《むり》な話だ。これが、周瑜《しゅうゆ》の無理難題《むりなんだい》、〝とうていできそうもない仕事〟だった。

「これは、孔明《こうめい》どのでなければできない仕事。無理《むり》を承知《しょうち》でお願《ねが》いするしだい。

どうかひきうけていただきたい」

周瑜《しゅうゆ》は、孔明《こうめい》に向かって頭をさげた。魯粛《ろしゅく》が孔明《こうめい》に目くばせした。ひきうけるなというのだろう。

「わかりました。ひきうけましょう」

魯粛《ろしゅく》の目くばせを無視《むし》して、孔明《こうめい》はうなずいた。

「しかし、曹操《そうそう》との決戦《けっせん》がせまっているのに、だらだらとむだな時間をかけるわけにはいきますまい。三日でそろえましょう」

どよめきがふたたび起こった。十日でさえとうてい無理《むり》だと思われるのに、三日とは！　だれもが孔明《こうめい》の正気を疑《うたが》った。

——筋書《すじが》きどおりすすんでる。

——孔明《こうめい》さん、よくやってるわ。

——周瑜《しゅうゆ》もおどろいているみたいだね。

「孔明《こうめい》どの、ここは、呉《ご》のおもだった武将《ぶしょう》たちが顔をそろえた重要《じゅうよう》な作戦会議《さくせんかいぎ》の場。いったん口にだしたことは取りけせませんぞ」

「心得《こころえ》ております。なんで取りけしなどいたしましょうや」

「では、誓紙《せいし》をだしていただこう」

誓紙《せいし》というのは、誓《ちか》いのことばを記した紙のことだ。

「承知《しょうち》しました」

孔明《こうめい》は、筆をかりると、「三日のうちに十万本の矢をそろえることができなかったなら、どんな罰《ばつ》でも受けます」と書いて、周瑜《しゅうゆ》にさしだした。

「それでよろしいですかな」

「ふむ」

周瑜《しゅうゆ》は、複雑《ふくざつ》な顔つきで、誓紙《せいし》と孔明《こうめい》をかわるがわる見やった。これで、孔《こう》明《めい》の命は周瑜《しゅうゆ》ににぎられたことになる。それは周瑜《しゅうゆ》にとっては計算どおりなのだが、分からないのは、十日の期限《きげん》を孔明《こうめい》が自分から三日にちぢめたことだ。なにか秘策《ひさく》があるのか。それとも、やぶれかぶれで、どうにでもなれと思っているのか――。

作戦会議《さくせんかいぎ》が終わって、孔明《こうめい》たちは住まいの船にもどってきた。

「いかがでしたか」

留守《るす》をしていた孫乾《そんけん》がたずねた。

「うまくいきましたよ」

孔明《こうめい》は笑顔《えがお》で答えた。

「孔明軍師《こうめいぐんし》が三日でいいといったときの周瑜《しゅうゆ》のおどろいた顔を、おぬしにも見せたかったわ」

張飛《ちょうひ》がガハハと高わらいした。

「蒼太《そうた》がいった『三国志《さんごくし》』の筋書《すじが》きどおりだったわ」

夏花《かか》がいった。

「おれ、『三国志《さんごくし》』が読みたくなった」

信助《しんじょ》がめがねの奥《おく》で目をかがやかせた。

「筋書《すじが》きどおりなら、もうすぐ魯粛《ろしゅく》がやってくるよ」

蒼太《そうた》がいった。

「周瑜《しゅうゆ》にいわれて、孔明《こうめい》さんの考えをさぐりにね」

「そうだったな」

孔明《こうめい》がうなずいた。

「魯粛《ろしゅく》どのにどういうか、おさらいしておかなくては。たしか、兵船《へいせん》を二十そうだったな」

「そうです。それから——」

孔明《こうめい》と蒼太《そうたい》が、『三国志《さんごくし》』の筋書《すじが》きをもう一度おさらいしているところへ、蒼太《そうたい》のいったとおり魯粛《ろしゅく》がやってきた。

「孔明《こうめい》どの、先ほどの作戦会議《さくせんかいぎ》での態度《たいど》はどういうことです。あれでは、自分から火に飛《と》びこむ虫と同じではありませんか」

魯粛《ろしゅく》は、孔明《こうめい》を見るなりいった。

「あれほどいったのに、なぜそれがしの忠告《ちゅうこく》を聞かなかったのです」

「いや、周瑜《しゅうゆ》どののたのみを断《ことわ》ってあざけりを受けるよりは、とにかく全力をつくしてやってみようと思ったまでです。もちろん、死は覚悟《かくご》の上です」

「それならば、なぜ、十日間を三日にちぢめて、自分で自分の首をしめるようなことをしたのです」

「周瑜《しゅうゆ》どのの目的《もくてき》は、わたしを殺《ころ》そうとすること。ならば、職人《しょくにん》たちにわざと仕事を遅《おく》らせるように命じて、十万本の矢を作らせないようにさせるでしょう。ですから、十日も三日も同じことです」

孔明《こうめい》は、口もとに笑《え》みをうかべて、魯粛《ろしゅく》を見た。

「では、どうなさるおつもりか」

「じつは、そのことで、魯粛《ろしゅく》どののお力をお借《か》りしたいのです」

孔明《こうめい》は、ちらっと蒼太《そうたい》を見てうなずくと、魯粛《ろしゅく》に目をもどした。

「一そうに三十人の兵士《へいし》をのせた兵船《へいせん》を二十そう、用意していただきたい。船は青い布《ぬの》の幕《まく》ですっぽりと包《つつ》み、両側《りょうがわ》にはわらの束《たば》を千たばほど立てならべてください。これだけ用意してくだされば、三日のうちに十万本の矢をそろえてごらんにいれましょう」

「なんと……！」

あまりにも奇怪《きかい》な孔明《こうめい》のたのみに、魯粛《ろしゅく》はまじまじと孔明《こうめい》を見つめた。そして、その顔つきから、じょうだんをいったのではないと分かると、こんどは首をかしげた。孔明《こうめい》がなにを考えているのか、まるで見当がつかないようだった。

「いかがでしょう。お力を貸《か》していただけますか」

「わ、わかりもうした」

孔明《こうめい》にうながされて、魯粛《ろしゅく》は思わずうなずいた。

「さっそく用意しましょう」

魯粛《ろしゅく》は、そそくさともどっていった。

「いいぞ！」

「やったね！」

信助《しんじょ》と夏花《かか》がぱんと両手を打ちあわせた。孔明《こうめい》と張飛《ちょうひ》と孫乾《そんけん》も、ほっとしたように顔を見あわせている。

「あとは霧《きり》だけだ……」

みんなから少しはなれて、蒼太《そうたい》はぽつりとつぶやいた。

三

約束《やくそく》どおり魯粛《ろしゅく》は、孔明《こうめい》たちの船の近くの岸辺《きしべ》に、すべてをととのえた。兵《へい》士《し》三十人をのせた三十そうの兵船《へいせん》。船体は青い布《ぬの》で包《つつ》まれ、右舷《うげん》にも左舷《さげん》にもわら束《たば》がびっしりと立てならべられている。

孫乾《そんけん》をあとに残《のこ》して、孔明《こうめい》、張飛《ちょうひ》、蒼太《そうたい》、夏花《かか》、信助《しんじょ》の五人は、兵船《へいせん》の一そうに乗りうつった。しかし、一日めはなんの動きもなかった。兵船《へいせん》は岸につながれっぱなしで、兵士《へいし》たちはなにもすることなく、むだな時間をすごした。二日めもまったく同じ状態《じょうたい》だった

「どういうことだよ、これは」

「おれたちは、なんのためにかりだされたんだ」

「いつまでこんな状態《じょうたい》がつづくんだろう」

「待ちぼうけはたくさんだよ」

兵士《へいし》たちのあいだに不審《ふしん》の声が上がったが、張飛《ちょうひ》が各船《かくふね》をまわってにらみをきかすと、おさまった。

その夜遅《おそ》く、蒼太《そうたい》は船首にでてみた。無数《むすう》の星がまたたく夜空の下に、長江《ちょうこう》が暗い波をうねらせ、はるか向こう、対岸の烏林一帯《うりんいったい》には曹操《そうそう》がきずいた水上の要塞《ようさい》のかがり火が、赤い帯《おび》のように明るく照《て》りかがやいている。

「霧《きり》が、あのかがり火を隠《かく》してくれなくては、なにもできない。霧《きり》は、本当にわいてくるのだろうか?」

『三国志《さんごくし》』では、三日めの午前一時ごろ、長江《ちょうこう》に深い霧《きり》が立ちこめ、孔明《こうめい》は、その霧《きり》をぬって兵船《へいせん》を対岸の烏林《うりん》に向けてこぎだすという筋書《すじが》きになっている。けれど、無数《むすう》の星がかがやいている夜空を見ていると、いくら待っても霧《きり》などわいてこないのではないかと思われてくる。

「どうか、筋書《すじが》きどおりになってくれ……」

思わず口ばしると、だれかの手が肩《かた》にかかった。ふりむくと、夏花《かか》がうしろに立っていた。もういっぽうの肩《かた》には、信助《しんじょ》の手があった。

「大丈夫《だいじょうぶ》よ」

夏花《かか》がいった。

「大丈夫《だいじょうぶ》にきまってるさ」

信助《しんじょ》がうなずいた。

三人は、いのるような気持ちで船首に立ちつくした。

それから数時間後、まるで魔法《まほう》のように長江《ちょうこう》に霧《きり》が立ちこめてきた。

「いよいよはじまるな」

張飛《ちょうひ》が武者《むしゃ》ぶるいした。

「曹操《そうそう》にひとあわふかせ、周瑜《しゅうゆ》をへこませてやろうではないか」

「そうですね」

孔明《こうめい》は静《しず》かにうなずいた。おちついていて、もうすっかり亡《な》くなった兄になりきっているようだ。

蒼太《そうた》、夏花《かか》、信助《しんじょ》の三人もほっとしていた。『三国志《さんごくし》』の世界は、やはり筋《すじ》書《が》きどおりすすんでいる！

孔明《こうめい》は、兵士《へいし》のひとりを魯粛《ろしゅく》のもとへ走らせ、すぐに兵船《へいせん》に来てほしいと伝《つた》えさせた。魯粛《ろしゅく》はすぐにかけつけてきた。

「なんです。なにがあったのです」

「そろそろでかけますので、いっしょに来ていただきたいと思い、およびしたのです」

「でかけるって、どこへです」

「矢をいただきにですよ」

「なんと⁉」

わけがわからなくてとまどっている魯粛《ろしゅく》に、張飛《ちょうひ》がぐいと杯《さかずき》をつきだした。

「まあ、飲みましょうや。どうせ向こうに着くまではすることもないし」

「ゆっくり飲んでいてください」

にこりとわらうと、孔明《こうめい》は兵士《へいし》たちに船をだすよう命じた。

二十そうの兵船《へいせん》は、長い綱《つな》でつなぎあわされ、孔明《こうめい》たちの乗った船を先頭に、一列になって岸辺《きしべ》をはなれていった。周瑜《しゅうゆ》に約束《やくそく》した三日めの午前一時すぎのことだった。

長江《ちょうこう》は、いまや深い霧《きり》に包《つつ》まれていた。中ほどまで来ると、向きあっている相手の顔も見えないほどになってきた。蒼太《そうた》が待っていたのは、この霧《きり》だった。この霧《きり》が水上要塞《ようさい》のかがり火をさえぎり、川面をすすむ二十そうの兵船《へいせん》を隠《かく》してくれるのだ。

船体を覆面《ふくめん》のように青い布《ぬの》でくるんだ船隊《せんたい》は、やがて曹操軍《そうそうぐん》の水上要塞《ようさい》のちかくまでやってきた。要塞《ようさい》のまわりでは、昼も夜も見はりの船が何十そうとなくミズスマシのように行き来して厳重《げんじゅう》な警戒《けいかい》をしているのだが、深い霧《きり》と船体の覆面《ふくめん》のために、見つかることはなかった。

孔明《こうめい》は、二十そうの兵船《へいせん》を西から東に横一列にならばせた。そして、太鼓《たいこ》をいっせいに打ちならし、力のかぎりときの声を上げるよう兵士《へいし》たちに命じた。

命令《めいれい》は船から船へつぎつぎと伝《つた》わっていき、たちまち雷鳴《らいめい》のようなすさまじい太鼓《たいこ》の連打《れんだ》と、六百人の兵士《へいし》の上げるけもののような荒々《あらあら》しいときの声が霧《きり》をひきさくように川面にひびきわたった。

「わっ、わわわわっ」

魯粛《ろしゅく》はびっくりぎょうてんして、杯《さかずき》を取りおとした。

「こ、孔明《こうめい》どの、あれをやめさせてくだされ。曹操軍《そうそうぐん》に気づかれて、攻撃《こうげき》されますぞ！」

「それを待っているのですよ」

孔明《こうめい》は杯《さかずき》をひろって、魯粛《ろしゅく》に渡《わた》した。

「な、なんですと!?」

魯粛《ろしゅく》は目をむいた。

「曹操軍《そうそうぐん》に攻撃《こうげき》させるために、わざと太鼓《たいこ》を打ち、ときの声を上げているというのですか」

「さよう、さよう。うまい酒を飲みながら、わが孔明軍師《こうめいぐんし》の天才的《てんさいてき》な策略《さくりゃく》を見物されよ」

張飛《ちょうひ》がからからとわらいながら、魯粛《ろしゅく》の杯《さかずき》に酒を満《み》たした。

太鼓《たいこ》の連打《れんだ》とときの声は、とぎれることなくつづいた。

「す、すげえ!」

「鼓膜《こまく》が破《やぶ》れそう!」

信助《しんじょ》と夏花《かか》は、両手で耳をおさえて床《ゆか》につっぷした。

いっぽう蒼太《そうたい》は、耳をすませて、べつの音が聞こえてくるのを待っていた。

しばらくすると、太鼓《たいこ》とときの声にまじって、その音が聞こえてきた。びゅうびゅうと風が猛烈《もうれつ》に吹《ふ》きすさぶような音と、ぶすぶすと船体をつつんだ布《ぬの》と立てならべたわら束《たば》になにかがたえまなくつきささる音だ。

「なに、あれ」

夏花《かか》が床《ゆか》から顔を上げた。音に気がついたようだ。信助《しんじょ》も耳をすます。

「曹操軍《そうそうぐん》の水上の要塞《ようさい》から射《い》かけてくる矢の音と、その矢が船につきささる音だよ」

蒼太《そうたい》がいった。

「とつぜん上がった太鼓《たいこ》の音とときの声に、要塞《ようさい》をまもっていた水軍《すいぐん》の司令官《しれいかん》が、呉軍《ごぐん》の夜襲《やしゅう》だとかんちがいしたんだよ。あわてて曹操《そうそう》に知らせると、曹操《そうそう》は、この深い霧《きり》ではやたらに討《う》ってでると、ひそんだ敵勢《てきぜい》にやられてしまうおそれがあるから、矢を射《い》かけるようにと命じるんだ」

蒼太《そうた》は、『三国志《さんごくし》』に描《えが》かれたこの場面を説明《せつめい》した。

曹操《そうそう》は、さらに陸上《りくじょう》の陣《じん》からも矢を射《い》かけさせるように命じた。たちまち、水上と陸上《りくじょう》あわせて一万人の射手《しゃしゅ》が、霧《きり》の立ちこめた川面に向けて息つくひまもなく矢を射《い》た。何千本、何万本もの矢が覆面《ふくめん》の船隊《せんたい》に雨あられのようにふりそそぎ、わら束《たば》や青い布《ぬの》の幕《まく》にぶすぶすとつきささったのだった。

「こっち側《がわ》はもう十分だろう」

孔明《こうめい》は、兵士《へいし》たちに太鼓《たいこ》とときの声をつづけさせながら、二十そうの兵船《へいせん》を東から西へとならべかえさせた。船の反対がわに、またもや矢がぶすぶすとつきささっていった。

こうして、夜が明けるころになると、二十そうの船には船体が見えなくなるほど矢がつきたっていた。

「いかがですか」

孔明《こうめい》は、魯粛《ろしゅく》をかえりみた。

「おそらく、一そうに少なくとも六千本はつきたっているでしょう。全部あわせれば十万本以上《いじょう》になります。いたんだものや折《お》れたものなどを取りのぞいても、十万本は確実《かくじつ》に使えるはずです」

「うーむ」

魯粛《ろしゅく》はうなった。

「〝矢をいただきに〟といわれたのは、このことだったのですね」

「ええ」

「それにしても、今日霧《きり》がでることをどうやって知ったのです」

「わたしは、このひと月あまり、長江《ちょうこう》の気象《きしょう》の変化《へんか》を観察《かんさつ》してきました。その結果《けっか》、三日前から今日霧《きり》がでるだろうと予測《よそく》しました。この霧《きり》をのがしたら、十万本の矢は手にはいりません。それで、十日を三日にちぢめたのです」

「そうだったのですか」

魯粛《ろしゅく》は、感嘆《かんたん》したように頭をさげた。

「まことにもって孔明《こうめい》どのは天才軍師《てんさいぐんし》。恐《おそ》れいりました」

孔明《こうめい》はただわらっているだけだったが、張飛《ちょうひ》をはじめ蒼太《そうたい》たち四人は、たがいに目くばせしあった。もちろん、孔明《こうめい》のセリフは『三国志《さんごくし》』にのっていて、蒼太《そうた》が教えたものだった。

「さて、そろそろひきあげましょうか」

孔明《こうめい》は、それぞれの船の兵士《へいし》たちに、

「曹操《そうそう》どの、ありがたく矢をちょうだいいたす！」

と、大声で叫《さけ》ばせると、船を返した。

はりねずみのようになった覆面《ふくめん》の船隊《せんたい》は、朝日のさす川面をよこぎり、南岸に向かった。

「曹操《そうそう》め、さぞかしくやしがっておるだろうて」

張飛《ちょうひ》が満足《まんぞく》そうにひげをひねり、ぐいっと酒を飲みほした。

四

二十そうの兵船《へいせん》は、やがて岸に着いた。孔明《こうめい》は、兵士《へいし》たちに命じて、びっしりと船体につきささった矢を抜《ぬ》かせ、岸辺《きしべ》にならべさせた。そのなかから、矢《や》尻《じり》が欠《か》けたものや、柄《え》が折《お》れたものなど、使い物にならないものを取りのぞくと、ざっと見つもっても十万本あまりの矢が残《のこ》った。孔明《こうめい》は、それらを束《たば》にして本陣《ほんじん》に運びこんだ。

「これは！」

十万本の矢の束《たば》を見て、さすがの周瑜《しゅうゆ》も目を丸くした。そして、魯粛《ろしゅく》から孔《こう》明《めい》がどのようにして矢を手にいれたかを聞くと、さらにおどろきの目をみはった。

「孔明《こうめい》どのの知謀《ちぼう》は、とうてい我《われ》らのおよぶところではない」

周瑜《しゅうゆ》は感服《かんぷく》して、誓紙《せいし》を取りだすと、孔明《こうめい》の目の前でふたつにひきさいた。

「これからも、その知謀《ちぼう》を我《われ》らのために生かしてくだされ。力をあわせて、ともに曹操《そうそう》を討《う》ちやぶりましょうぞ」

「もちろん、望《のぞ》むところです」

ふたりは、がっちりと手を握《にぎ》りあった。

「うまくいって、よかった」

「周瑜《しゅうゆ》め、どぎもを抜《ぬ》かれておったな」

「いい気味だわ」

「これで、赤壁《せきへき》の戦《たたか》いは、勝利《しょうり》まちがいなしだね」

「筋書《すじが》きどおりさ」

事がうまくはこんだので、住まいの船にもどる道々、みんなの口も足も軽かった。

「あっ、わすれ物しちゃった！」

蒼太《そうた》が、途中《とちゅう》で足を止めた。

「孔明《こうめい》さんの杖《つえ》だよ。取ってくるから先に行ってて」

蒼太《そうた》は、みんなと別《わか》れて、本陣《ほんじん》にひきかえした。作戦会議《さくせんかいぎ》がひらかれた大きな天幕《てんまく》にはいると、がらんとした広間のすみに孔明《こうめい》の杖《つえ》がころがっていた。ひろって立ちさろうとしたとき、右手の小部屋から声が聞こえてきた。小部屋の出入り口は、切れこみのある長いのれんのようなたれ布《ぬの》だけだ。

「どうした。まだ、決心がつかんのか」

どこかで聞いたことのある声がいっている。

「まあ、そうせかすな」

答えているのは、周瑜《しゅうゆ》だ。

「もう少し時間をくれ」

「そんな余裕《よゆう》はないのは、おぬしにも分かっておるはずだ。もうすぐ決戦《けっせん》がはじまる。その前に、一刻《いっこく》でも早く曹操《そうそう》さまをよろこばせてさしあげねばならぬ」

曹操《そうそう》をよろこばせる？

なんの話をしてるんだ？

周瑜《しゅうゆ》の相手はだれなんだ？

蒼太《そうた》は、小部屋に歩みよって、たれ布《ぬの》をそっと持ち上げ、中に目をやった。

小卓《しょうたく》をはさんで、周瑜《しゅうゆ》と男がすわっていた。男は全身黒ずくめだ。

——もしかして、あれは……？

蒼太《そうた》ははっとした。

「おぬし、おれのいうことが信《しん》じられないのか」

男が腰《こし》を上げて、周瑜《しゅうゆ》のななめ前に立った。横顔が見えた。目のまわりが白かった。

――黒風怪《こくふうかい》！

蒼太《そうた》はあわててたれ布《ぬの》をおろすと、そろりそろりとあとずさった。小部屋から少しはなれたところで向きをかえ、歩きだそうとしたが、うっかり持っていた杖《つえ》をおとしてしまった。からんと、大きな音がした。

蒼太《そうたい》はその場にかたまった。

「だれだ！」

鋭《するど》い声とともに、たれ布《ぬの》が持ち上がって、周瑜《しゅうゆ》が顔をだした。

「お前は？」

「は、はい。孔明《こうめい》さまの供《とも》の者でございます」

蒼太《そうたい》は、腰《こし》をかがめ、ぺこぺこ頭をさげた。

「杖《つえ》をわすれてしまいましたので、取りにまいったところでございます」

「そうか。ならば、さっさともどれ」

周瑜《しゅうゆ》はあごをしゃくると、たれ布《ぬの》をもどした。蒼太《そうたい》は、ほっとして杖《つえ》を取り上げ、天幕《てんまく》を出ていった。

――曹操《そうそう》の間者《かんじゃ》（スパイ）の黒風怪《こくふうかい》が、周瑜《しゅうゆ》の部屋にいた。なぜだ？

――周瑜《しゅうゆ》と黒風怪《こくふうかい》は、おたがいに知りあいのような口をきいていた。なぜだ？

――黒風怪《こくふうかい》は、曹操《そうそう》をよろこばせろと周瑜《しゅうゆ》にいっていた。なぜだ？

急いで船にもどるあいだ、蒼太《そうたい》の頭の中ではいくつもの疑問《ぎもん》が渦《うず》を巻《ま》いていた。

みんなはもう船にもどっていた。

「どうしたの、顔色がわるいわよ」

夏花《かか》が蒼太《そうたい》を見ていった。

「なにかあったの？」

「うん。じつは……」

蒼太《そうたい》は、天幕《てんまく》で見ききしたことをくわしく話した。

考えもしなかった事態《じたい》に、みんなことばを失《うしな》った。

「これって、うらぎりよね」

夏花《かか》が口をひらいた。

「周瑜《しゅうゆ》が孔明《こうめい》さんを殺《ころ》そうとしたのは、孔明《こうめい》さんの才能《さいのう》を恐《おそ》れたこともあるだろうけど、それよりも、曹操《そうそう》のためだったんじゃないの。孔明《こうめい》さんがいなくなれば、曹操《そうそう》だって大助かりなんだから」

「黒風怪《こくふうかい》は、周瑜《しゅうゆ》と前からの知りあいだったのかもしれない」

蒼太《そうたい》がいった。

「でなければ、曹操《そうそう》の間者《かんじゃ》が、やすやすと本陣《ほんじん》にはいりこめるはずないもんな」

「もしかしたら、周瑜《しゅうゆ》は最初《さいしょ》から曹操《そうそう》のスパイだったんじゃないかと思うんだけど」

信助《しんじょ》が思いもよらないことをいいだした。

「なんでよ。なんでそんなこと思うのよ」

夏花《かか》が信助《しんじょ》をかえりみた。

「ずっと前に見たスパイ映画《えいが》にそんなのがあったんだ」

信助《しんじょ》は、めがねをずり上げて夏花《かか》を見かえした。

「その映画《えいが》では、主人公は子どものときから敵《てき》の国で育てられるんだ。そして、おとなになると、自分がスパイだと教えられて、自分の国のために働《はたら》くようになるのさ」

周瑜《しゅうゆ》の正体は、曹操《そうそう》のスパイだった！

そう考えると、黒風怪《こくふうかい》と周瑜《しゅうゆ》の親しげなようすも納得《なっとく》がいく。おそらく黒風《こくふう》怪《かい》は、曹操《そうそう》と周瑜《しゅうゆ》の連絡係《れんらくがかり》のようなものなのだろう。

「くそっ、周瑜《しゅうゆ》め。よくもおれたちをたぶらかしおったな！」

張飛《ちょうひ》が顔をまっ赤にして、髪《かみ》を逆立《さかだ》て、目を怒《いか》らせ、ひげをぶるぶるとふるわせると、

「こうなったら、やつをまっぷたつにひきさいて、曹操《そうそう》に地団駄《じだんだ》をふませてやるわ！」

蛇矛《じゃぼう》をひっつかんで、船室を飛《と》びだそうとした。

「待ってください！」

孔明《こうめい》が鋭《するど》い声で叫《さけ》んだ。

「早まってはなりません。周瑜《しゅうゆ》どのが曹操《そうそう》の間者《かんじゃ》と決まったわけではない」

「しかし、蒼太《そうたい》が見ききしておるのでは？」

「たしかにそうですが、これが曹操《そうそう》のしかけたわなだったらどうします？　黒風怪《こくふうかい》が、わざと蒼太《そうたい》にあやしい会話を聞かせて周瑜《しゅうゆ》どのを曹操《そうそう》の間者《かんじゃ》だと思わせ、それを信《しん》じて周瑜《しゅうゆ》どのを殺《ころ》してしまったら、曹操《そうそう》の思うつぼではありませんか」

「う、うむ」

張飛《ちょうひ》はことばにつまった。

「その黒風怪《こくふうかい》とやらについて、魯粛《ろしゅく》どのに聞いてみましょう」

孫乾《そんけん》がいった。

「周瑜《しゅうゆ》どののもとに出入りしているなら、魯粛《ろしゅく》どのも知らないはずはないでしょうから」

「いえ、その必要《ひつよう》はありません」

孔明《こうめい》は、きっぱりと首をふった。

「明日、わたしが周瑜《しゅうゆ》どのに会って、直接《ちょくせつ》たしかめます。もちろん、ほんとうに曹操《そうそう》の間者《かんじゃ》だったら、正直に答えるはずはないでしょうが、問いつめていけば、ボロをだすかもしれません。その結果《けっか》で対策《たいさく》を考えましょう」

「周瑜《しゅうゆ》がほんとうに曹操《そうそう》の間者《かんじゃ》だったら、どうされる？」

「そのときは、張飛《ちょうひ》どのにぞんぶんに蛇矛《じゃぼう》をふるってもらいましょう」

孔明《こうめい》はわらって答えた。

——おやっ。

蒼太《そうたい》は、孔明《こうめい》のようすが変《か》わってきているのに気づいた。これまで、のんきであっけらかんとして、なんだかたよりなかったのが、ものいいもしっかりしてきて、自分の思ったことをしっかりとことばにして、きちんと相手に伝《つた》える。どこかまのびしていた顔つきも、きりっとひきしまってきたような気がする。

「ちょっと、孔明《こうめい》さん、軍師《ぐんし》っぽくなってきたんじゃない？」

夏花《かか》がささやいた。夏花《かか》も気がついていたようだ。

「そうだね」

蒼太《そうたい》はうなずいた。また、『三国志《さんごくし》』の筋書《すじが》きとはちがってきそうだが、いまの孔明《こうめい》ならなんとか切りぬけられそうな気がした。

五

明くる日、孔明《こうめい》は、例《れい》によって蒼太《そうたい》たちを供《とも》に、張飛《ちょうひ》を護衛《ごえい》にして、本陣《ほんじん》に向かった。途中《とちゅう》まで来たとき、周瑜《しゅうゆ》の使いの者に出会った。

「周瑜《しゅうゆ》さまが、本陣《ほんじん》におこしいただきたいとのことでございます」

「ちょうどよかった。これから本陣《ほんじん》にまいるところだ。周瑜《しゅうゆ》どのにそう伝《つた》えてくれ」

「かしこまりました」

使いの者はうなずいて、ひきかえしていった。

「なんの用だろうな」

「なんだか気になるわね」

「孔明《こうめい》さんをバッサリやるつもりかな」

「なに、おれの蛇矛《じゃぼう》があるかぎり、そんなことはさせん」

蒼太《そうたい》たちは口々にいいあったが、孔明《こうめい》は口もとをひきしめてなにもいわず、おちついた足取りで歩いていった。

一同が本陣《ほんじん》の大天幕《だいてんまく》にはいると、広間で周瑜《しゅうゆ》と話していた男が、さっとふりむいた。黒風怪《こくふうかい》だった。

「周瑜《しゅうゆ》どの、その男は曹操《そうそう》の間者《かんじゃ》ですぞ！」

孔明《こうめい》が叫《さけ》んだ。

「お前こそ、孔明《こうめい》のにせ者、双子《ふたご》の弟の孔晴《こうせい》ではないか」

黒風怪《こくふうかい》は、せせらわらうと、周瑜《しゅうゆ》をふりかえった。

「周瑜《しゅうゆ》、早くこやつを捕《と》らえろ」

「捕《と》らえよ！」

周瑜《しゅうゆ》が大声で命じた。

と、広間のまわりの小部屋から、ばらばらと十数人の兵士《へいし》が飛《と》びだしてきて、黒風怪《こくふうかい》に襲《おそ》いかかり、棒《ぼう》でその体をおさえつけた。

「まちがうな！」

黒風怪《こくふうかい》がどなった。

「捕《と》らえるのは孔明《こうめい》のにせ者だ！」

「まちがいではない」

周瑜《しゅうゆ》が首をふった。

「黒風怪《こくふうかい》、きさまを曹操《そうそう》の間者《かんじゃ》として成敗《せいばい》する」

「な、なんだと⁉　曹操《そうそう》さまに味方するというのは、うそか」

「ばかめ。おれは、最初《さいしょ》からそんな気はなかった。ただ、きさまをひきとめておくために、そういったまでさ」

「くそっ。だましたな！」

黒風怪《こくふうかい》は、全身に力をこめると、ぶんと体をふった。おさえつけていた棒《ぼう》が、一瞬《いっしゅん》のうちにばらばらと勢《いきお》いよく兵士《へいし》もろとも四方にふっ飛《と》んだ。ついで、黒《こく》風怪《ふうかい》の体がくるくると回転しはじめた。やがて回転が止まると、そこには一頭の大きな大熊猫《パンダ》がいた。

「周瑜《しゅうゆ》、きさまを殺《ころ》してやる！」

「それは、こっちのせりふだ、黒風怪《こくふうかい》」

周瑜《しゅうゆ》がその場で高く飛《と》び上《あ》がると、宙《ちゅう》で一回転して床《ゆか》におりたった。周瑜《しゅうゆ》は、

金色の美しい毛をした金糸猴《きんしこう》になっていた。なんと、周瑜《しゅうゆ》も妖怪《ようかい》だった。

大熊猫《パンダ》黒風怪《こくふうかい》と金糸猴《きんしこう》の周瑜《しゅうゆ》は、こぶしをかためてにらみあうと、

「きえーっ」

「くおーっ」

奇声《きせい》を上げて跳躍《ちょうやく》した。宙《ちゅう》で飛《と》びちがい、ストンと床《ゆか》におりたつと、くるっと向きをかえておたがいにとっしんし、こぶしをつきだしてつきあい、なぐりあい、けりあい、取っくみあい、おしたおし、はねとばし、宙《ちゅう》で飛《と》びちがっては広間せましとはげしく戦《たたか》った。

そのすさまじい戦《たたか》いに、床《ゆか》が破《やぶ》れそうになるほどしなり、天幕《てんまく》が倒《たお》れるかと思われるくらいゆれた。孔明《こうめい》たちは、呆然《ぼうぜん》として、天幕《てんまく》のすみでふたりの戦《たたか》いを見まもるばかりだった。

しばらくすると、大熊猫《パンダ》の息がみだれはじめ、動きがにぶくなってきた。金糸猴《きんしこう》のパンチやけりが大熊猫《パンダ》の顔面や腹《はら》に炸裂《さくれつ》し、そのたびに大熊猫《パンダ》がうめき声を上げた。

「くそっ」

大熊猫《パンダ》は、血だらけの顔面をぬぐうと、体勢《たいせい》をととのえ、金糸猴《きんしこう》めがけて思いきり跳躍《ちょうやく》した。同時に金糸猴《きんしこう》も大熊猫《パンダ》めがけて跳躍《ちょうやく》した。ふたりは、天幕《てんまく》のてっぺん近くで激突《げきとつ》した。大熊猫《パンダ》の渾身《こんしん》のつきは空を切り、金糸猴《きんしこう》の必殺《ひっさつ》のけりは大熊猫《パンダ》のあごをくだいた。大熊猫《パンダ》は血泡《ちあわ》を吹《ふ》いて勢《いきお》いよく落下し、金糸猴《きんしこう》は宙《ちゅう》で一回転して軽やかに床《ゆか》におりたった。周瑜《しゅうゆ》の姿《すがた》にもどっていた。

「かたづけろ！」

周瑜《しゅうゆ》は、ぴくりとも動かない大熊猫《パンダ》を見おろしながら、天幕《てんまく》のすみにかたまっていた兵士《へいし》たちに命じた。兵士《へいし》たちがわらわらとかけよってきて、大熊猫《パンダ》を天《てん》幕《まく》の外に運びだした。

「とんださわぎをお見せして、もうしわけない」

周瑜《しゅうゆ》は、孔明《こうめい》のもとに歩みよって、頭をさげた。

「あの黒風怪《こくふうかい》は、それがしが孫権《そんけん》さまのもとで妖怪部隊《ようかいぶたい》をひきいていたときの仲間《なかま》だったのですが、孫権《そんけん》さまのごきげんをそこねて、呉《ご》から追放《ついほう》された者。その後、どうやら曹操《そうそう》に取りいって間者《かんじゃ》となったようで、それがしのところへひそかにやってきて、曹操《そうそう》に寝《ね》がえれとすすめるのです。なぜなら、孔明《こうめい》は、柴桑《さいそう》ですでに死んでいて、今赤壁《せきへき》にいる孔明《こうめい》は、双子《ふたご》の弟の孔晴《こうせい》だ。そんなにせ者などなんの力にもたよりにもならない。このまま決《けっ》戦《せん》となれば、呉《ご》が曹操《そうそう》に負けるのはまちがいない。だから、そうなる前に曹操《そうそう》に味方したほうがいいというのです。

黒風怪《こくふうかい》は、妖怪部隊《ようかいぶたい》にいたときから、ほらを吹《ふ》いたり、うそをつくくせがあって、信用《しんよう》ならないやつでしたから、やつのいうことはすぐには信《しん》じられなかったが、もし本当だとしたら、大変《たいへん》なことになります。そこで、考えてみるから時間をくれといって、しばらくやつを本陣《ほんじん》にとどめておき、孔明《こうめい》どのに難題《なんだい》をだして、本物かにせ者かたしかめることにしたというわけです」

「それが、十万本の矢か！」

張飛《ちょうひ》が叫《さけ》んだ。

「さよう」

周瑜《しゅうゆ》はうなずいた。

「にせ者ならばとうてい無理《むり》だが、本物の孔明《こうめい》どのなら、その天才的《てんさいてき》な知力でやりとげるだろうと思ったしだいでな。黒風怪《こくふうかい》のことは秘密《ひみつ》だったので、魯粛《ろしゅく》どのには、それがしが孔明《こうめい》どのの才能《さいのう》を恐《おそ》れて殺害《さつがい》するために難題《なんだい》をしかけたといっておきました。

そして、孔明《こうめい》どのは、思いもよらない方法《ほうほう》で難題《なんだい》を解決《かいけつ》された。これこそ、本物のあかし。これで黒風怪《こくふうかい》のうそがはっきりしましたので、ただいま成敗《せいばい》したわけです。孔明《こうめい》どのには、無理難題《むりなんだい》をおしつけてしまい、まことにもうしわけなかった。おわびもうし上げる」

周瑜《しゅうゆ》は、あらためて深々と頭をさげた。

「いえ、わたしは少しも気にしていません」

孔明《こうめい》は、澄《す》んだひとみを周瑜《しゅうゆ》に向けた。

「ところで孔明《こうめい》どの。曹操《そうそう》を破《やぶ》る手立ては、もうお考えかな」

周瑜《しゅうゆ》があらたまった口調でたずねた。

「ええ。わたしなりに考えています」

「それはよかった。それがしも考えていますが、おたがいの考えをてのひらに書いてくらべてみませんか」

「おもしろそうですね。やりましょう」

蒼太《そうたい》は、はっとした。ここも『三国志《さんごくし》』の名場面だ。『三国志《さんごくし》』では孔明《こうめい》からいいだすのだが、ふたりはてのひらに〝火攻《ひぜ》め〟の意味で「火」と筆で書いて見せあうのだ。けれど、そのことをまだ孔明《こうめい》に話していない。なんと書いたらいいか、孔明《こうめい》は知らないのだ！

周瑜《しゅうゆ》は、筆とすずりを持ってこさせた。蒼太《そうたい》は、あわてて孔明《こうめい》のもとにかけよった。

「どうした、蒼太《そうたい》」

孔明《こうめい》がふりむいた。周瑜《しゅうゆ》がすぐそばにいるので、声にだして教えるわけにはいかない。蒼太《そうたい》は、宙《ちゅう》に「火」と書こうとして右手を上げかけた。そのとき周瑜《しゅうゆ》がいった。

「それがしは書きましたぞ。孔明《こうめい》どのも早く書きなされ」

「おお」

孔明《こうめい》は、さっと向きなおって筆をとり、てのひらに字を書くと、こぶしを握《にぎ》った。

「では」

「では」

ふたりはうなずきあって、同時にぱっとこぶしをひらいた。そのとたん、ふたりの口からゆかいそうなわらい声が上がった。

「蒼太《そうたい》、なにか用か」

孔明《こうめい》がわらいやめて、蒼太《そうたい》をふりかえった。

「い、いいえ、なんでもありません」

蒼太《そうたい》は首をふった。ちらっと見えた孔明《こうめい》のてのひらには、墨《すみ》黒々と「火」という字が書かれてあった。

「孔明《こうめい》さん。さっき、なぜてのひらに〝火〟と書いたんですか」

本陣《ほんじん》からの帰り道、蒼太《そうたい》は孔明《こうめい》に聞いてみた。教えてないはずなのに、なんで「火」と書けたのか、不思議《ふしぎ》でならなかった。

「そのことか」

孔明《こうめい》は口もとをほころばせた。

「わすれたのか。お前たちに初めて会ったとき、お前は赤壁《せきへき》の戦《たたか》いについて教えてくれたではないか。それにわたしは、ここへ来てから呉軍《ごぐん》や曹操軍《そうそうぐん》のようすを注意深く見てきた。そして、兄上ならどう考えるかを常《つね》に意識《いしき》してきた。そのうえで、曹操《そうそう》を破《やぶ》るには火攻《ひぜ》めしかないと兄上なら考えるだろうなと、あらためて思った。だから、周瑜《しゅうゆ》どのがあいったとき、〝火〟という字がすらすらと書けたのさ」

「孔明《こうめい》さん、なんだか変《か》わったみたい」

夏花《かか》がつぶやいた。

「そうかもしれない」

孔明《こうめい》はうなずいた。

「わたしは、これまで争《あらそ》いごとがきらいで、争《あらそ》いごとにぶつかると、逃《に》げたり、止めにはいったりしてきた。けれど、今考えると、それは、ただ自分がいやだから、とりあえずやめさせるだけにすぎなかった。争《あらそ》いごとを本当にやめさせるには、その原因《げんいん》をつきとめて、それを取りのぞかなくてはならない。それには勇気《ゆうき》と根気がいる。

曹操《そうそう》との戦《たたか》いは、いわば国と国の争《あらそ》いごとだ。たくさんの人たちの運命がかかっている。わたしは、その人たちのために、勇気《ゆうき》と根気をもって、逃《に》げずに立ちむかっていこうと思っている」

孔明《こうめい》はそこまで一気にしゃべると、

「……と、まあ、そんなふうなことを考えてるわけさ」

最後《さいご》にそうつけくわえて、照《て》れくさそうにわらった。

赤壁《せきへき》の戦《たたか》い　GO《ゴー》、GO《ゴー》、GO《ゴー》！

一

西暦《せいれき》二〇八年十一月半ば。長江《ちょうこう》南岸の赤壁《せきへき》に陣取《じんど》った呉《ご》の水軍《すいぐん》三万と、北岸の烏林《うりん》に陣取《じんど》った曹操軍水陸《そうそうぐんすいりく》あわせて八十万とのあいだに、いよいよ決戦《けっせん》のときがせまってきた。両軍《りょうぐん》とも何度か小競《こぜ》りあいをくりかえしてきていた。あとは、おたがいに全軍《ぜんぐん》をあげての総力戦《そうりょくせん》を待つばかりだった。

ところが、ここへきて、呉軍《ごぐん》に元気がなくなってきた。武将《ぶしょう》たちはおろおろと暗い顔を見あわせ、兵士《へいし》たちは、よるとさわるとこそこそとささやきあい、もうだめだというように首をふる。呉軍《ごぐん》全体に重い空気がたれこめていた。ほかでもない、呉軍《ごぐん》をひきいる参謀《さんぼう》の周瑜《しゅうゆ》が、病気になってしまったのだ。

数日前、呉軍《ごぐん》と曹操軍《そうそうぐん》の小競《こぜ》りあいがあった。このとき、周瑜《しゅうゆ》は物見台《ものみだい》で戦《たたか》いのようすを見まもっていたが、ふいに強い風が吹《ふ》いてきて、物見台《ものみだい》に立っていた旗《はた》ざおをまっぷたつに折《お》ってしまった。その折《お》れた旗《はた》ざおが周瑜《しゅうゆ》の胸《むね》を打ち、周瑜《しゅうゆ》は血を吐《は》いて倒《たお》れ気を失《うしな》ってしまった。それからというもの、胸《むね》が痛《いた》んで起き上がれなくなってしまったのだった。

孔明《こうめい》たちもそのことを知っていた。これは『三国志《さんごくし》』の筋書《すじが》きどおりだった。孔明《こうめい》たちは、これから先の筋書《すじが》きがどうなるのか、その筋書《すじが》きに沿《そ》ってどう行動していったらいいかを蒼太《そうた》を中心にじっくり検討《けんとう》し、頭にたたきこんでいた。

「筋書《すじが》きどおりなら、そろそろ、魯粛《ろしゅく》が孔明《こうめい》さんに相談に来るよ」

蒼太《そうた》がそういってからまもなく、魯粛《ろしゅく》が船にやってきた。

「周瑜《しゅうゆ》どののぐあいは、いかがですか」

孔明《こうめい》がたずねると、魯粛《ろしゅく》は顔をくもらせた。

「あまりよくありません。けがはたいしたことはなかったのですが、なぜか気がふさいで、元気がでないようです。薬を飲もうとしても、吐《は》き気がして飲めないとか。このままではとうてい曹操《そうそう》に勝てません。孔明《こうめい》どの、どうしたらよいでしょう」

「わかりました。では、これから行って、周瑜《しゅうゆ》どのの病気をなおしてさしあげます」

孔明《こうめい》は、おどろく魯粛《ろしゅく》をうながして、立ち上がると、蒼太《そうたい》たちとともに本陣《ほんじん》に向かった。

周瑜《しゅうゆ》は、本陣《ほんじん》の自分用の天幕《てんまく》で床《とこ》についていた。孔明《こうめい》はまくらもとに歩みよった。

「おかげんは、いかがですか」

「さて——」

周瑜《しゅうゆ》は顔をゆがめた。

「自分ではどこもわるくないと思われるのに、どういうわけか、体に力がはいらなくて。起きるとめまいもするし……」

「それは、おそらく心の病だと思われます。なにか人にいえないなやみがあって、それが体の調子をくるわせているのでしょう。わたしがよい薬をさしあげます」

「いや。薬を飲もうとすると、吐《は》き気がして……」

「大丈夫《だいじょうぶ》です。わたしの薬は飲むものではありませんから」

孔明《こうめい》は、筆と紙を借《か》りると、なにやら書いて周瑜《しゅうゆ》にさしだした。

「周瑜《しゅうゆ》どの、あなたにいちばんよくきく薬は、これでしょう」

「おお、孔明《こうめい》どの、あなたは名医だ！」

周瑜《しゅうゆ》は、紙を見るなり叫《さけ》んだ。紙には、ただ「東南の風」と書かれてあった。

物見台《ものみだい》に立っていた旗《はた》ざおをまっぷたつに折《お》って周瑜《しゅうゆ》の胸《むね》を打たせた強い風は、西北の風だった。周瑜《しゅうゆ》はそのことに気がついて、がくぜんとした。長江《ちょうこう》を渡《わた》ってくる西北の風のもとで烏林《うりん》の曹操軍《そうそうぐん》の水上の要塞《ようさい》に火攻《ひぜ》めをかければ、火は逆《ぎゃく》に赤壁《せきへき》の呉軍《ごぐん》に燃《も》えうつってしまう。

火攻《ひぜ》めが成功《せいこう》するためには、烏林《うりん》のほうに向かって吹《ふ》く東南の風でなければならない。けれど、この時期に東南の風が吹《ふ》くことは奇跡《きせき》にちかい。これでは、これまでの努力《どりょく》がすべて水の泡《あわ》となってしまう。周瑜《しゅうゆ》は絶望《ぜつぼう》し、気力を失《うしな》ってしまったのだった。

「たしかに〝東南の風〟は、それがしの病にはもっともよくきく薬。しかし、それを手に入れることは、不可能《ふかのう》ではないか」

「ご心配いりません。わたしは、ある人から不思議《ふしぎ》な術《じゅつ》を記した書物をゆずりうけました。そのなかに、風をよぶ術《じゅつ》があるのです。その術《じゅつ》を使って東南の風を吹《ふ》かせてみましょう」

「おお、ぜひともお願《ねが》いいたす」

「では、ちかくの山に祭壇《さいだん》をきずいてください。壇上《だんじょう》でいのり、風をよびおこします。それまでに火攻《ひぜ》めの準備《じゅんび》をととのえ、東南の風が吹《ふ》きはじめたら、ただちに攻撃《こうげき》にかかってください」

「こころえた」

すっかり気力を回復《かいふく》した周瑜《しゅうゆ》は、孔明《こうめい》のいうとおりに、五百人の兵士《へいし》に命じて、ちかくの山のふもとに祭壇《さいだん》をきずかせた。祭壇《さいだん》は山の土を掘《ほ》ってかためたもので、三段《だん》になっている。いちばん下には星座《せいざ》の星をえがいた旗《はた》を立て、まん中の段《だん》には黄色い旗《はた》を立てた。いちばん上の段《だん》には、かんむりをかぶり、黒い上着を着た周瑜直属《しゅうゆちょくぞく》の妖怪部隊《ようかいぶたい》から選《えら》ばれた四人の妖怪兵士《ようかいへいし》を立たせた。兵《へい》士《し》たちは、それぞれ、束《たば》にした鶏《にわとり》の羽をしばりつけたさお、星をえがいた布《ぬの》をたらしたさおを持ち、宝剣《ほうけん》や香炉《こうろ》をささげもっている。祭壇《さいだん》の四方には、黄色や白、朱色《しゅいろ》や黒の旗《はた》を持った二十四人の兵士《へいし》が取りまいていた。

二十日の朝になった。孔明《こうめい》は、身をきよめ、白いゆるやかなころもをはおると、髪《かみ》をふりみだし、はだしで祭壇《さいだん》にのぼった。壇上《だんじょう》の香炉《こうろ》で香《こう》をたき、天をあおいでなにごとかいのった。いのりおえると、壇《だん》をおり、天幕《てんまく》の中にはいっ

て休んだ。蒼太《そうた》、夏花《かか》、信助《しんじょ》の三人が孔明《こうめい》の世話をした。張飛《ちょうひ》と孫乾《そんけん》は、べつの用事でよそに行っていた。

一方周瑜《しゅうゆ》は、着々と火攻《ひぜ》めに使う船の用意をととのえていた。船は二十そう。そのすべてに、よくかわいた葦《あし》や柴《しば》が山のようにつみこまれ、油をそそぎかけられ、火がつきやすいように硫黄《いおう》や煙硝《えんしょう》をたっぷりとぬりつけてある。船全体は油をひいた青い布《ぬの》でおおわれ、船首にはびっしりと太い釘《くぎ》がうえてあった。

「東南の風が吹《ふ》いているとき、この火船《かせん》が曹操軍《そうそうぐん》の水上要塞《ようさい》につっこめば、大《だい》火災《かさい》まちがいなしだ」

周瑜《しゅうゆ》はほくそえんだ。

「あとはただ孔明《こうめい》が東南の風を吹《ふ》かせてくれることをいのるのみ」

その日、孔明《こうめい》は三度祭壇《さいだん》にのぼっていのったが、東南の風は吹《ふ》く気配もなかった。

やがて日が暮《く》れてきた。

「あと数時間ね」

孔明《こうめい》が休んでいる天幕《てんまく》の中では、夏花《かか》がつぶやいていた。

「ああ」

「そうだね」

蒼太《そうたい》と信助《しんじょ》がうなずいた。

『三国志《さんごくし》』によれば、二十日から二十一日に日づけが変《か》わるころ、にわかに東南の風が吹《ふ》いてくることになっている。もちろんそれは、孔明《こうめい》の術《じゅつ》によるものではない。霧《きり》と同じように、この時期に起こる気象《きしょう》の変化《へんか》で、孔明《こうめい》はそれを知っていて、術《じゅつ》として利用《りよう》しているのだ。

だから、蒼太《そうたい》は風のことは心配していなかった。それより気がかりなのは、孔明《こうめい》が風をよびおこしたあとのことだった。『三国志《さんごくし》』では、自然《しぜん》をもあやつることができる孔明《こうめい》の底《そこ》知れない力に、あらためて恐怖《きょうふ》をおぼえた周瑜《しゅうゆ》は、やはり殺《ころ》しておいたほうがいいと考えなおして、討手《うって》をさしむけることになっている。もし、このまま筋書《すじが》きどおりすすめば、孔明《こうめい》に危険《きけん》がせまるだろう。

その危険《きけん》から逃《のが》れるために、張飛《ちょうひ》と孫乾《そんけん》があちこちかけまわっている。

――張飛《ちょうひ》さんと孫乾《そんけん》さんが、どうかうまくやってくれますように。

蒼太《そうたい》は、心のなかでいのった。

「もう一度いのろう」

休んでいた孔明《こうめい》がゆっくりと立ち上がった。

そのころ本陣《ほんじん》では、周瑜《しゅうゆ》が大天幕《だいてんまく》をでたりはいったりしていた。

「風はまだ吹《ふ》かぬ。孔明《こうめい》はいいかげんなことをいったのではないか」

「そんなことはないでしょう」

周瑜《しゅうゆ》といっしょにようすを見まもっていた魯粛《ろしゅく》が、首をふった。

「かならず、風は吹《ふ》きます」

十万本の矢を手にいれたときの霧《きり》を予測《よそく》していた孔明《こうめい》だから、こんどの東南の風もとうぜん予測《よそく》しているにちがいないと、魯粛《ろしゅく》は思っていた。

「そうだといいのだが……」

周瑜《しゅうゆ》は、うかない顔でつぶやいた。

それから数時間後、それまで柳《やなぎ》の枝《えだ》のようにだらりとたれさがっていた本陣《ほんじん》の旗《はた》が、にわかにばたばたと西北にはためきだした。

「おお、風だ、風だ、東南の風が吹《ふ》いてきた！」

周瑜《しゅうゆ》は、うめくように叫《さけ》んだ。

「それにしても、風までも自由にあやつるとは、孔明《こうめい》というのはなんと恐《おそ》ろしい男だ。このまま生かしておいては、呉《ご》のためにならぬ。いっそのこと……」

「周瑜《しゅうゆ》どの。なにをぐずぐずしているのです。一刻《いっこく》も早く火攻《ひぜ》めの号令《ごうれい》を！」

魯粛《ろしゅく》がどなった。

「わかった。すぐに諸将《しょしょう》を呼《よ》びあつめよ」

周瑜《しゅうゆ》は力強くうなずいた。

しばらくすると、本陣《ほんじん》の前に、甘寧《かんねい》、太史慈《たいしじ》、呂蒙《りょもう》、凌統《りょうとう》といった名だたる呉軍《ごぐん》の武将《ぶしょう》たちが集まった。周瑜《しゅうゆ》は壇上《だんじょう》にすっくと立った。まわりを妖怪部隊《ようかいぶたい》の兵士たちがかためている。

「いよいよ曹操《そうそう》との決戦《けっせん》の時がきた。おのおの、覚悟《かくご》はよいか」

周瑜《しゅうゆ》は、ゆっくりと頭をめぐらせて、諸将《しょしょう》を見まわした。

「おう！」

諸将《しょしょう》がいっせいに声を上げた。

「よろしい。では、まず上陸軍《じょうりくぐん》のほうだが、甘寧《かんねい》、そのほうは北岸に上陸《じょうりく》して曹操軍《そうそうぐん》の兵糧《ひょうろう》を焼《や》き払《はら》え。太史慈《たいしじ》、そのほうは三千の兵をひきいて曹操《そうそう》の援軍《えんぐん》をくいとめよ。呂蒙《りょもう》は同じく三千の兵をひきいて甘寧《かんねい》の応援《おうえん》にむかえ。つぎに凌統《りょうとう》、そのほうは三千の兵をもって烏林《うりん》に火の手が上がったらすぐさま加勢《かせい》におもむけ……」

諸将《しょしょう》につぎつぎと指示を与《あた》えると、周瑜《しゅうゆ》は白髪《しらが》の老将《ろうしょう》をそばに呼《よ》びよせた。

「黄蓋《こうがい》どの。計画どおり、火船《かせん》をひきいてまっさきに烏林《うりん》の要塞《ようさい》につっこみ、曹操《そうそう》の船団《せんだん》を焼《や》きはらってくだされ」

「こころえた」

黄蓋《こうがい》はうなずいて、ひきさがった。周瑜《しゅうゆ》はさらにふたりの武将《ぶしょう》を呼《よ》んでなにごとかいいつけると、本隊《ほんたい》の水軍《すいぐん》の編成《へんせい》にかかった。全体を四つの隊《たい》に分け、各隊《かくたい》三百そうの軍船《ぐんせん》をひきい、その前方に二十そうの火船《かせん》を配置《はいち》した。周瑜《しゅうゆ》自身は中央の指揮船《しきせん》に乗りこみ、本陣《ほんじん》には魯粛《ろしゅく》がのこって留守《るす》をまもる。

すべての手配がすむと、周瑜《しゅうゆ》はふたたび壇上《だんじょう》にすっくと立った。そして、いきなり一丈《じょう》あまり飛《と》び上《あ》がると宙《ちゅう》で一回転し、金糸猴《きんしこう》になって降《お》りたった。

「曹操《そうそう》を完膚《かんぷ》なきまでにたたきつぶせ！」

金糸猴《きんしこう》の周瑜《しゅうゆ》は、長い金色の毛を風になびかせて吠《ほ》えた。

——たたきつぶせ、たたきつぶせ！　曹操《そうそう》を、曹操《そうそう》を！

諸将《しょしょう》の上げる声がこだまとなってあたりにひびきわたった。

同じころ、孔明《こうめい》がいのる祭壇《さいだん》のまわりに立っている旗《はた》も、いっせいに西北になびいていた。

「風よ！」

「東南の風だ！」

夏花《かか》と信助《しんじょ》が、昂奮《こうふん》して飛《と》び上《あ》がった。

「赤壁《せきへき》の戦《たたか》いが、いよいよはじまるぞ！」

蒼太《そうた》は、何度も読んで、まるで自分がその場にいたかのように頭にきざみこんでいる『三国志《さんごくし》』の赤壁《せきへき》の戦《たたか》いの場面を、ありありと思いうかべていた――。

赤壁《せきへき》の戦《たたか》い

長江《ちょうこう》北岸の烏林《うりん》を中心にして広がっている曹操軍《そうそうぐん》の水上要塞《ようさい》。大小数百そうの軍船《ぐんせん》が、三十そう、五十そうとひと組になって、それぞれ船首と船尾《せんび》を太い鉄の環《わ》と鎖《くさり》につなぎとめられていて、どんなにはげしいうねりや風にもびくともしない。船と船のあいだには、何枚《まい》ものはば広い板が渡《わた》されていて、兵士《へいし》たちは平地を行くように行き来している。まるで水上にうかぶ巨大《きょだい》な城《しろ》のようだった。

曹操《そうそう》は、要塞《ようさい》の中央にうかぶ旗艦《きかん》から、長江《ちょうこう》を見わたしていた。月がこうこうとさえわたって水面を照《て》らし、うねる波は無数《むすう》の金色のへびがおどりたわむれるようだった。

風が旗艦《きかん》の旗《はた》をはためかせ、曹操《そうそう》の髪《かみ》やひげをなぶっていく。東南の風だ。

数日前、参謀《さんぼう》の程昱《ていいく》が、曹操《そうそう》に忠告《ちゅうこく》した。

「わが軍《ぐん》の船団《せんだん》は、鉄の環《わ》や鎖《くさり》でがっちりつながれていますが、もし敵《てき》が火攻《ひぜ》めをかけてきたら、身動きができずに焼《や》きつくされてしまう恐《おそ》れがあります」

「心配は無用《むよう》じゃ」

曹操《そうそう》はわらいとばした。

「火攻《ひぜ》めには風の力がいる。だが、今は冬のさなか。吹《ふ》くとしても西風か北風で、東風や南風が吹《ふ》くことはない。わが軍《ぐん》は西北にあり、敵《てき》は南岸じゃ。敵《てき》が火攻《ひぜ》めをかければ、自分たちを焼《や》いてしまうであろう。いくらおろかな周瑜《しゅうゆ》だとて、そのくらいは分かっておるはずじゃ。そなたももっと戦略《せんりゃく》を学ぶがよい」

「恐《おそ》れいりました」

程昱《ていいく》は顔を赤らめて、ひきさがった。

そして、今、吹《ふ》くはずのない東南の風が吹《ふ》きはじめ、しだいに勢《いきお》いをましてゆく。しかし、曹操《そうそう》の自信《じしん》はゆるがなかった。

「この時期に東南の風が吹《ふ》くとは、周瑜《しゅうゆ》も予期してはおるまい。火攻《ひぜ》めの準備《じゅんび》などしてはおらぬはず。あたふたしているすきに総攻撃《そうこうげき》をかければ、たやすく勝てるだろう」

曹操《そうそう》は勝利《しょうり》を確信《かくしん》していた。

「南岸から、こちらに向かって帆《ほ》を上げた数十そうの船隊《せんたい》がやってきます！」

見はりの兵士《へいし》が、そのとき叫《さけ》んだ。

「どの船も青い布《ぬの》でおおわれていて、中ほどの船には、青竜旗《せいりゅうき》がひるがえっています！」

「おお、黄蓋《こうがい》の船じゃ。約束《やくそく》をたがえずにやってきたな」

曹操《そうそう》は満面《まんめん》の笑《え》みをうかべた。

黄蓋《こうがい》は、周瑜《しゅうゆ》の作戦《さくせん》に反対したために、背中《せなか》の皮《かわ》が破《やぶ》れるほど棒《ぼう》でたたかれた。これをうらんだ黄蓋《こうがい》は、呉《ご》をうらぎって曹操《そうそう》に投降《とうこう》することに決め、武器《ぶき》と兵糧《ひょうろう》をつんだ船隊《せんたい》をひきいて烏林《うりん》に行くという密書《みっしょ》を送ってきていた。

今、目印《めじるし》の青竜旗《せいりゅうき》を立てた船隊《せんたい》が、約束《やくそく》どおりやってきた。追い風を受けてぐんぐんちかづいてくる。船足《ふなあし》はおどろくほど速い。

「やや、あやしいぞ!」

それを見て、程昱《ていいく》が叫《さけ》んだ。

「あの船をちかづけてはなりません!」

「なぜだ」

「兵糧《ひょうろう》をつんでいるならば、船体がしずみ、船足《ふなあし》がにぶくなるはずです。ところがあの船は軽々とうき、船足《ふなあし》も速い。なにかたくらみのある証拠《しょうこ》です」

「ううむ。周瑜《しゅうゆ》にはかられたか……!」

曹操《そうそう》の顔色が変《か》わった。黄蓋《こうがい》の投降《とうこう》はいつわりで、周瑜《しゅうゆ》のはかりごとだということを一瞬《いっしゅん》でさとった。

「あの船隊《せんたい》を止めよ。とりでにいれるな!」

曹操《そうそう》は叫《さけ》んだ。

すぐさま十数そうの見まわりの船が船隊《せんたい》にちかづいた。

「その船、待て！」

「とりでにはいることはまかりならん！」

「早々に帆《ほ》をおろせ！」

返事のかわりに、いっせいに矢が飛《と》んできた。見まわり船はあわてふためいて逃《に》げちった。

「つっこめ！　敵《てき》の船を一そうのこらず焼《や》きつくせ！」

青竜旗《せいりゅうき》の下に立った黄蓋《こうがい》は、のども破《やぶ》れんばかりに絶叫《ぜっきょう》すると、手に持った刀をさっとふりおろした。

二十そうの火船《かせん》にいっせいに火がつけられた。つぎの瞬間《しゅんかん》、すさまじい爆発《ばくはつ》音《おん》とともに二十の火柱《ひばしら》が空高く立ちのぼった。と見るまに、風にあおられ、火《か》竜《りゅう》のように炎《ほのお》の舌《した》をひらめかせながらつぎつぎに水塞《すいさい》に突入《とつにゅう》していった。

鉄の環《わ》と鎖《くさり》でつなぎあわされていた曹操《そうそう》の船団《せんだん》は、ほとんど身動きが取れなかった。動きのにぶい巨大草食恐竜《きょだいそうしょくきょうりゅう》を小型肉食恐竜《こがたにくしょくきょうりゅう》がむらがりおそうように、火船《かせん》はつぎからつぎへと船団《せんだん》にぶつかっていった。船首にうえつけられた太い釘《くぎ》が、がっちりと大船の横腹《よこばら》にくいこんだ。たちまち大船は燃《も》えさかる炎《ほのお》に包《つつ》まれた。ごうっと火と風と波の音がいりまじった轟音《ごうおん》があたりにとどろきわたった。長江《ちょうこう》の水面はま昼のように明るく照《て》りかがやき、烏林《うりん》と赤壁《せきへき》の両岸がまっ赤にぬりつぶされた影絵《かげえ》のようにうかび上がった。

曹操《そうそう》は、呆然《ぼうぜん》として旗艦上《きかんじょう》に立ちつくしていた。まわりでは、水上にうかぶ城《しろ》のように見えた自慢《じまん》の船団《せんだん》が、つぎつぎに炎《ほのお》に包《つつ》まれ、むざんに焼《や》けおち、水底《みなそこ》にしずんでいく。前後左右、どちらを向いても火、また火で、水面も見えない。火は陸上《りくじょう》の陣《じん》にも燃《も》えうつり、烏林《うりん》の峰《みね》が赤々と炎《ほのお》の色にそまっていた。

「曹操《そうそう》さま、早く小舟《こぶね》にお乗りください！」

のどをからして叫《さけ》ぶ声に、曹操《そうそう》ははっと我《われ》に返った。うずまく火とけむりをかいくぐって、船端《ふなばた》にかけよった。一そうの小舟《こぶね》がこぎよせている。曹操《そうそう》は思いきって船端《ふなばた》を乗りこえると、小舟《こぶね》に飛《と》びおりた。小舟《こぶね》はすぐさま岸に向かった。

一方黄蓋《こうがい》は、小舟《こぶね》に乗りうつり、めぼしい敵《てき》をもとめて水塞《すいさい》の中をあちこちこぎまわっていたが、このとき、小舟《こぶね》に乗りうつった曹操《そうそう》を見つけた。

「曹操《そうそう》だ！　やつを逃《に》がすな！」

兵士《へいし》たちをはげまし、疾風《しっぷう》のようにこぎよせていった。

「もはやこれまでか……」

曹操《そうそう》は絶望《ぜつぼう》の声を上げた。

そのとき、小舟《こぶね》から一本の矢がはなたれ、こぎよせてくる船の船首に立っていた黄蓋《こうがい》の肩《かた》にぐさりとつきささった。黄蓋《こうがい》はもんどりうって水中におちた。兵士《へいし》たちがあわてて助け上げようとしているすきに、小舟《こぶね》はなんとか岸にたどりついた。曹操《そうそう》は馬に乗り、あとをも見ずに走らせた。

このとき長江《ちょうこう》では、赤壁《せきへき》の西と東から呉《ご》の別働隊《べつどうたい》が殺到《さっとう》し、正面からは周瑜《しゅうゆ》の本隊《ほんたい》が一気に攻《せ》めよせていた。風はさらに勢《いきお》いをまし、火は風の助けを得《え》ていつ消えるともなく燃《も》えさかった。江上《こうじょう》には、火に焼《や》かれ、水におぼれ、矢に射《い》られ、槍《やり》につかれた曹操軍《そうそうぐん》の兵士《へいし》の死体が無数《むすう》にういていた。

火は陸上《りくじょう》でも燃《も》えさかっていた。曹操《そうそう》の陣中《じんちゅう》深くはいりこんだ呉軍《ごぐん》の部隊《ぶたい》が、あたり一帯《いったい》に火をはなったのだ。敵陣《てきじん》に火の手が上がったのを見て、さらに呉《ご》軍《ぐん》の各部隊《かくぶたい》が火をかけ、ときの声を上げて攻《せ》めよせた。水上とおなじく、陸《りく》の曹操軍《そうそうぐん》も総《そう》くずれとなった。

曹操《そうそう》は、火をかいくぐり、けむりにむせながら、馬を飛《と》ばしてただひたすら逃《に》げつづけた。したがうのはわずか二百騎《き》あまりにすぎなかった。馬にむち打ち、さらに走りつづけるうちに、東の空がうっすらと白んできた。ふりかえると、火の手はだいぶ遠くなっている。軍勢《ぐんぜい》も途中《とちゅう》から合流してきたものをくわえて、千騎《き》あまりにふえていた。

ようやく余裕《よゆう》を取りもどした曹操《そうそう》は、

「おのれ、周瑜《しゅうゆ》、孔明《こうめい》。この借《か》りはかならず返してやるからな！　ふたりとも首を洗《あら》って待っておれ」

目を血走らせ、くちびるをかみ、こぶしをふり上げ、はったと宙《ちゅう》をにらんで、うめくように叫《さけ》んだ。

こうして、世に名高い赤壁《せきへき》の戦《たたか》いは終わった。この大敗《たいはい》によって、曹操《そうそう》の野《や》望《ぼう》は一時はばまれ、そのあいだに孫権《そんけん》と劉備《りゅうび》が力をたくわえて、やがて魏《ぎ》・呉《ご》・蜀《しょく》の三国《さんごく》時代をむかえるのである。

二

「蒼太《そうたい》、蒼太《そうたい》、なにぼんやりしてんのよ！」

夏花《かか》の声に、頭の中で〈赤壁《せきへき》の戦《たたか》い〉の経過《けいか》をずっとたどっていた蒼太《そうたい》は、はっと我《われ》に返った。兵士《へいし》たちはひき上げたらしく、祭壇《さいだん》のまわりには、もうだれもいなかった。旗《はた》だけがますます強くなる風にはげしくはためいている。

「こっちよ、こっち」

夏花《かか》が、休憩用《きゅうけいよう》の天幕《てんまく》の入り口に立って、手招《てまね》きしている。蒼太《そうたい》は急いでかけよった。

天幕《てんまく》の中では、もう孔明《こうめい》が着がえを終わっていた。信助《しんじょ》はおちつかなげにめがねをいじくりまわしている。

「張飛《ちょうひ》さんは？」

「まだなのよ」

夏花《かか》は首をふった。

「いったい、なにしてるんだか……」

そのことばが終わらないうちに、ひづめの音がひびき、馬のいななきが聞こえてきた。

「来た！」

まっ先に信助《しんじょ》が飛《と》びだし、夏花《かか》と蒼太《そうたい》がつづいた。最後《さいご》に孔明《こうめい》がおちついた足取りでてきた。

「どうどうどう」

天幕《てんまく》の外では、張飛《ちょうひ》がまだ息を荒《あら》げている二頭の馬をしきりにおちつかせていた。

「ずいぶん遅《おそ》かったじゃない。また妖怪《ようかい》にでも会ったのかと思ったわ」

夏花《かか》が、ようしゃなくあびせかけた。

「まあ、そういうな」

張飛《ちょうひ》はにがわらいした。

「このあたりでは、呉軍《ごぐん》に徴発《ちょうはつ》されて、馬はほとんどおらん。それで、かなり遠くまで行って見つけてこなければならなかったのだ。おまけに、万が一呉《ご》軍《ぐん》のやつらにでくわして、周瑜《しゅうゆ》に報告《ほうこく》されたらまずいので、わざわざ遠回りしてやってきたってわけさ」

「とにかく、ここを早く立ちのかなくっちゃ」

蒼太《そうたい》がみんなをせかした。

孔明《こうめい》が前に夏花《かか》、うしろに信助《しんじょ》を乗せて、馬にまたがった。蒼太《そうたい》は張飛《ちょうひ》のうしろに乗った。

「お先に」

孔明《こうめい》が馬腹《ばふく》をけった。

「行くぞ、蒼太《そうたい》。しっかりつかまっておれ」

張飛《ちょうひ》がすぐあとにつづいた。

二頭の馬は、ひづめの音をひびかせて、勢《いきお》いよく走りだした。遠く、烏林《うりん》の方角の空が夕焼《ゆうや》けのように赤く染《そ》まっている。赤壁《せきへき》の戦《たたか》いは、今たけなわのようだ。

しばらく走っていくうちに、東の空が白み前方に長江《ちょうこう》の流れが見えてきた。

岸にだれか立っていて、しきりに手招《てまね》きしている。孔明《こうめい》と張飛《ちょうひ》は、岸辺《きしべ》ちかくに馬を止めた。手招《てまね》きしていた人が走りよってきた。

「軍師《ぐんし》、遅《おそ》かったではないですか」

孫乾《そんけん》だった。

「心配しましたぞ」

「もうしわけない」

孔明《こうめい》が馬をおり、夏花《かか》と信助《しんじょ》を抱《だ》きおろした。

「舟《ふね》は？」

張飛《ちょうひ》が、蒼太《そうたい》を馬からおろしながら孫乾《そんけん》をかえりみた。

「こっちだ」

孫乾《そんけん》は、みんなをうながして、歩きだした。

水ぎわに打たれたくいに、一そうの小舟《こぶね》がつながれていた。『三国志《さんごくし》』の筋《すじ》書きどおり、周瑜《しゅうゆ》が孔明《こうめい》を恐《おそ》れて討手《うって》をさしむけたときの用心に、張飛《ちょうひ》が馬をさがし、孫乾《そんけん》が夏口《かこう》にもどるための舟《ふね》を用意して、ここでおちあうことにしていたのだった。

「やれやれ、やっと夏口《かこう》にもどれるわい」

張飛《ちょうひ》が、ほっとしたようにひげをしごいた。

「これでもう、妖怪《ようかい》に出合うこともないだろうて」

「さあ、お前たちから先に乗りなさい」

孔明《こうめい》が蒼太《そうたい》たちをうながした。

「いえ、おれたちは――」

蒼太《そうたい》は、夏花《かか》と信助《しんじょ》をふりかえって、ひとつうなずくと、孔明《こうめい》に顔をもどした。

「おれたちは、ここでお別《わか》れします」

「なんだと⁉」

張飛《ちょうひ》がおどろいたように、ひげから手をはなした。

「なんでいっしょに来ないんだ」

「赤壁《せきへき》の戦《たたか》いが無事《ぶじ》に起こって、『幻書三国志《げんしょさんごくし》』の赤壁《せきへき》の戦《たたか》いが記された部分が消えることはなくなりました。これでもう、歴史《れきし》が変《か》わることはなく、おれたちがいた未来《みらい》の世界も変《か》わることはないはずです。それで、そろそろ未来《みらい》にもどろうと思うんです」

「お前たちのいた未来《みらい》の世界とやらが、どんなものか知らんが、今いるこっちのほうが、はらはらどきどきして、おもしろくはないか。妖怪《ようかい》もおるしな。未来《みらい》なんてもどらないで、おれたちといっしょに来たらどうだ」

「張飛《ちょうひ》どの。無理《むり》をいってはいけません」

孔明《こうめい》が、苦笑《くしょう》しながら口をはさんだ。

「この子たちにも家族がおることだし、こっちに来っぱなしというわけにもいかないでしょう」

そういうと、孔明《こうめい》は、まじめな顔つきになって、三人を見た。

「本当をいえば、わたしも、お前たちにいっしょに来てほしいと思っている。そして、お前たちの未来《みらい》の知恵《ちえ》を借《か》りて、人びとのためにつくせたらいいなと思っている。けれど、それはわたしのわがままだということも分かっている。お前たちにはお前たちの世界がある。そこへもどるのがいちばんだ。

お前たちには、本当に世話になった。お前たちがいなかったなら、わたしはここまでやってこれなかっただろう。わたしは、これからも孔明《こうめい》として生きる。そして、お前たちの未来《みらい》の世界が、ただしい歴史《れきし》のとおりになるように力をつ

くす。本当にありがとう」
孔明《こうめい》は、蒼太《そうたい》、夏花《かか》、信助《しんじょ》としっかりと手を握《にぎ》った。蒼太《そうたい》はなみだをこらえ、夏花《かか》はなみだをぽろぽろこぼし、信助《しんじょ》はめがねの奥《おく》で目をぱちぱちさせた。

「おれも、お前たちと別《わか》れるのはつらいよ」

張飛《ちょうひ》がひげをふるわせながら、三人の手をつぎつぎと握《にぎ》った。

「また機会《きかい》があったら、未来《みらい》からおれたちのところへやってきてくれ。また妖《よう》怪退治《かいたいじ》をしようぜ」

「さあ、急ぎましょう」

孔明《こうめい》と張飛《ちょうひ》は、孫乾《そんけん》にうながされて、舟《ふね》に乗った。舟《ふね》はゆっくりと岸をはなれていった。

「さようならあ」

「さようなら、孔明《こうめい》さん、張飛《ちょうひ》さん」

「さようならあ」

三人は、しだいに小さくなっていく舟《ふね》に向かって手をふりつづけた。

「ちょっと、蒼太《そうたい》」

なにかに気づいたのか、夏花《かか》がふっていた手をおろして、蒼太《そうたい》をふりむくと、

「あんた、未来《みらい》にもどるっていったけど、どうやったらもどれる？　江戸《えど》時代に行ったときは、タイムマシンがあったけど、こんどは洞穴《ほらあな》のタイムトンネル

でしょ。でも、こんなところに洞穴《ほらあな》なんかないし……」

そういって、長江《ちょうこう》の波が打ちよせている岸辺《きしべ》を見まわした。

「どうやってもどれるかなんて、おれにだって分かんないよ」

蒼太《そうたい》は首をふった。

「だけど、赤壁《せきへき》の戦《たたか》いは起こったんだから、もうおれたちがこの世界にいる必《ひつ》要《よう》はないんだ。だから、さっきああいったんだよ」

「もしかしたら、おれたち、このままこの世界にとじこめられっぱなしになったりするんじゃないか」

信助《しんじょ》がぶるっと体をふるわせた。

「ばかなこといわないでよ！」

夏花《かか》が怒《おこ》ったが、その顔は青ざめている。

「まさか、そんなことあるもんか……」

蒼太《そうたい》は、自信《じしん》なさそうにつぶやいた。

そのとき、馬のひづめの音と大勢《おおぜい》の足音が聞こえてきた。見ると、馬に乗ったふたりの武将《ぶしょう》と十数人の兵士《へいし》たちだった。ふたりの武将《ぶしょう》は馬をおり、兵士《へいし》たちをしたがえて蒼太《そうたい》たちのところへ走りよってきた。

「お前たちは、たしか、孔明《こうめい》どのの従者《じゅうしゃ》だったな」

ひとりの武将《ぶしょう》がたずねた。

「はい。さようでございます」

蒼太《そうたい》がうなずいた。

「孔明《こうめい》どのはどこへ行かれた」

「あそこです」

蒼太《そうたい》は、江上《こうじょう》を指さした。孔明《こうめい》たちの小舟《こぶね》は、はるか遠くにぽつりと見えている。

「くそっ、取りにがしたか！」

武将《ぶしょう》はくちびるをかんだ。周瑜《しゅうゆ》のはなった討手《うって》らしい。

「どうする？」

武将《ぶしょう》は、もうひとりの武将《ぶしょう》をかえりみた。

「しかたあるまい。もどって周瑜《しゅうゆ》どのにありのまま報告《ほうこく》しよう」

もうひとりの武将《ぶしょう》はそういって、じろりと蒼太《そうたい》たちを見やると、兵士《へいし》たちに命じた。

「おい、こやつらを捕《つか》まえろ。本陣《ほんじん》につれていって、孔明《こうめい》がどのようにして逃《に》げおおせたか、証言《しょうげん》させる。さすれば、われらのおち度ではないことが分かるであろう」

「よし。ひったてろ！」

槍《やり》を持った兵士《へいし》たちがばらばらとかけよってきて、三人を取りかこんだ。

ふたりの武将《ぶしょう》が馬に乗り、兵士《へいし》たちが三人をかこんで、そのあとにつづいた。

「ねえ、これって、筋書《すじが》きにあるの」

「ないよ」

「どうなるんだ、これから」

三人は不安《ふあん》げに顔を見あわせた。

しばらく行くうちに、すっかり夜が明けて、あたりは明るくなってきた。

「ねえ、ちょっと、まわりを見て」

夏花《かか》が、前を行く蒼太《そうたい》の背中《せなか》をつついた。

蒼太《そうたい》たち三人は、一列にならばされ、両わきを兵士《へいし》たちがかためている。夏《か》

花《か》にいわれて、蒼太《そうたい》はまわりを見まわした。とたんに、

「な、なんだ、これ」

思わず声がでた。左右を歩いていく兵士《へいし》たちの頭から足の先にいたるまで、まるでジグソーパズルのように無数《むすう》の切れ目がはいっているのだ。兵士《へいし》たちだけではない。前を行く武将《ぶしょう》や馬にも同じように切れ目がはいっている。それでいて、兵士《へいし》も武将《ぶしょう》も何事もないように歩んでいく。

「ひぇえええ！」

信助《しんじょ》も気がついたのか、うしろで叫《さけ》び声が上がった。

「ど、どうなってんだ！」

そのとたん、ジグソーパズルのピースがくずれるように、兵士《へいし》や武将《ぶしょう》や馬が切れ目からばらばらとくずれおちて地上にちらばった。と、見る間に、まわりの景色《けしき》が変《か》わった。

そこは、山のふもとにもうけられた祭壇《さいだん》で、旗《はた》でかざられ、黄色や白、朱色《しゅいろ》や黒の旗《はた》をもった兵士《へいし》たちが四方を取りまいている。祭壇《さいだん》の上では、白い衣《ころも》をまとい、髪《かみ》をふりみだした孔明《こうめい》が、天に向かっていのりをささげている。

三人がぼうぜんとして見つめていると、やがて、孔明《こうめい》をはじめ兵士《へいし》や旗《はた》、祭《さい》壇《だん》にいたるまで、さっきと同じように無数《むすう》の切れ目がはいり、さらにばらばらにくずれてちらばった。そして、つぎの瞬間《しゅんかん》、またまわりが変《か》わった。広い天《てん》幕《まく》の中で、大熊猫《パンダ》の黒風怪《こくふうかい》と金糸猴《きんしこう》の周瑜《しゅうゆ》が死闘《しとう》をくりひろげている。

「そうか！」

蒼太《そうた》が叫《さけ》んだ。

「おれたちのまわりで、この世界の〈時間〉が逆流《ぎゃくりゅう》をはじめたんだ。なぜだか分からないけど、時間がぎゃくもどりしてるんだよ！」

「じゃあ、じゃあ、このままあたしたちがはじめて孔明《こうめい》さんや張飛《ちょうひ》さんに会ったときまでもどれば、未来《みらい》へ帰れるってわけ？」

夏花《かか》が昂奮《こうふん》ぎみにいった。

「たぶん、そうなると思う」

「おれはどうなるんだよ」

信助《しんじょ》がいった。

「おれは、途中《とちゅう》からこっちに来たんだから」

「お前は、変顔《へんがん》といっしょにこっちへころがりおちたときまで時間がもどれば、もとの世界にもどれると思うよ」

「そうか。じゃあ、お前たちがもどってくるのをおじいちゃんといっしょに待ってるよ」

そのとき、宙《ちゅう》で飛《と》びちがった大熊猫《パンダ》と金糸猴《きんしこう》が、無数《むすう》の破片《はへん》となってばらばらと四方に飛《と》びちった――。

三

信助《しんじょ》と変顔《へんがん》が、地震《じしん》によって洞穴《ほらあな》から『三国志《さんごくし》』の世界にころがりおちたとき、佐山博士《さやまはかせ》は、岩のあいだに飛《と》ばされ、頭を打って意識《いしき》を失《うしな》った。それから数時間後にぼんやり意識《いしき》を取りもどしたが、しばらくして、また意識《いしき》を失《うしな》ってしまった。博士《はかせ》がはっきり意識《いしき》を取りもどしたのは、翌日《よくじつ》のことだった。

「なにがあった？　ここはどこだ？」

きょろきょろあたりを見まわして、ようやく自分の状態《じょうたい》が分かった。どこもけがはしていないようだが、腰《こし》から下が大きな岩のあいだにすっぽりとはさまっていて、まったく身動きできない。少しはなれた岩のあいだに、ふたつの鉛《なまり》の箱《はこ》をしばりつけたパイプの背負子《しょいこ》がはさまっている。

「そうか。変顔《へんがん》におどされて、信夫《のぶお》といっしょにこの洞穴《ほらあな》にやってきたんだった……」

すきをみて博士《はかせ》が岩をつかんで変顔《へんがん》のこめかみにたたきつけた。岩の上に倒《たお》れた変顔《へんがん》は、背負子《しょいこ》をすてて立ち上がり、博士《はかせ》に飛《と》びかかろうとした。それを見て、信夫《のぶお》が変顔《へんがん》に体あたりした。そのとき、洞穴《ほらあな》全体がはげしくゆれ、博士《はかせ》は岩のあいだに飛《と》ばされて、気を失《うしな》ったのだった。

「信夫《のぶお》はどうしたろう」

まわりを見まわしたが、信夫《のぶお》の姿《すがた》も変顔《へんがん》の姿《すがた》も見あたらない。

「ふたりとも、洞穴《ほらあな》の外へでたのかもしれない」

そう思ったが、それからどうなったかは、たしかめようがない。何度やってみても、岩のあいだからぬけでることはできなかった。

それから三日間、佐山博士《さやまはかせ》は洞穴《ほらあな》にとじこめられた。しだいに頭がぼんやりしてきて、目覚《めざ》めているのかねむっているのか、はっきりしなくなってきた。夜か朝か分からなかったが、地面がかなりゆれたのをおぼえている。それから夢《ゆめ》を見た。信夫《のぶお》がそばに立って、心配そうな顔でしきりに自分をよんでいる夢《ゆめ》だ。

——大丈夫《だいじょうぶ》だよ。

そういおうとして、目がさめた。どういうわけか、洞穴《ほらあな》ではなく自分の寝室《しんしつ》のベッドに横になっていて、まくらもとに信夫《のぶお》がいた。

「よかった。目がさめたんだね」

信夫《のぶお》はめがねをはずして、顔をくしゃくしゃにした。

「信夫《のぶお》……無事《ぶじ》だったか」

「うん」

「そうか。よかった。……それにしても、わしはどうしてここに？」

佐山博士《さやまはかせ》は起き上がろうとしたが、体に力がはいらず、またばたんとベッドに倒《たお》れこんでしまった。

「だめだよ、おじいちゃん。体が弱ってるんだ。なにか食べなくっちゃ。話はそれから」

信夫《のぶお》は、キッチンに飛《と》んでいって、パンとミルクを持ってきた。

「ありがとう」

佐山博士《さやまはかせ》は、ミルクを少しずつ飲み、パンをちぎって口に入れ、ゆっくりと時間をかけて食べた。

「やれやれ、やっと人心地がついたよ」

やがてすっかり食べ終えると、博士《はかせ》はほっとしたように息をついた。

「さあ、話してくれないか」

「うん」

信夫《のぶお》はうなずいて、変顔《へんがん》とともに洞穴《ほらあな》からころがりおちて『三国志《さんごくし》』の世界に行き、蒼太《そうたい》や夏花《かか》に会って、赤壁《せきへき》の戦《たたか》いがはじまるまでいっしょにいたことを話した。

「それから、蒼太《そうたい》がいう〈時間の逆流《ぎゃくりゅう》〉が起こって、時間がどんどんぎゃくもどりしはじめたんだ。そうして、変顔《へんがん》といっしょに洞穴《ほらあな》からころげおちたときまでもどったら、いきなり地面がゆれて、気がついたら洞穴《ほらあな》の中にいた」

あたりを見まわすと、岩のあいだに佐山博士《さやまはかせ》が倒《たお》れていた。意識《いしき》を失《うしな》っているようだ。信夫《のぶお》は博士《はかせ》を抱《だ》きおこすと、なんとか背中《せなか》に背負《せお》い、洞穴《ほらあな》を歩きだした。息を切らし、何度も休みながら洞穴《ほらあな》をでて、がけすそから灯台《とうだい》まで上がり、寝室《しんしつ》のベッドに寝《ね》かせたのだった。

「わしは、岩のあいだにはさまってなかったか」

「ううん。ただ倒《たお》れていただけだったよ」

「そうか。では、あのときのゆれで、岩が動いたんだな」

博士《はかせ》は、夢《ゆめ》うつつのうちに感じたゆれを思いだした。

「ねえ、おじいちゃん。ぼくが『三国志《さんごくし》』の世界に行って、もどってくるまで、こっちではどのくらいの時間がたっていたの？」

「そうさなあ。わしが洞穴《ほらあな》に倒《たお》れていたあいだだから、四、五日といったところか」

「でも、向こうでは、赤壁《せきへき》の戦《たたか》いまで何か月もあったよ」

「それは、最初《さいしょ》にいったように、こっちの世界の時間の流れと、『三国志《さんごくし》』の世界の時間の流れはまったく別《べつ》だからだよ。ふたつの時間は、おたがいに関係《かんけい》ないんじゃ」

「そうかあ。それとさあ、蒼太《そうた》は時間が逆流《ぎゃくりゅう》するっていってたけど、どうしてそんなことが起こったんだろう」

「おそらくそれは、『幻書三国志《げんしょさんごくし》』が予言《よげん》していた赤壁《せきへき》の戦《たたか》いが実現《じつげん》したからじゃろうな。それで、早川《はやかわ》くんや大河原《おおかわら》さんやお前がはいりこんだために、少しばかり横道にずれてしまった歴史《れきし》が、もともとの道筋《みちすじ》にもどろうとしているのだろう。だから、もともとの歴史《れきし》に存在《そんざい》するはずのないお前が、はじきとばされて、現在《げんざい》の時間にもどってきたんじゃ」

「ぼくがもどってこれたんだから、蒼太《そうた》とお夏《なつ》ももどってこられるよね」

「ああ。歴史《れきし》が完全《かんぜん》にもとのとおりになればな。……だが、待てよ」

何かに気づいたのか、博士《はかせ》は考えこむように天井《てんじょう》を見つめた。

「『幻書三国志《げんしょさんごくし》』は、もともと『三国志《さんごくし》』の世界にあったものだ。あれをあった場所にもどさないと、歴史《れきし》は完全《かんぜん》にもとのとおりにはならない。そうなると、ふたりはもどってこれないかもしれん。わしはあれをもっと研究《けんきゅう》したかったのだが、あきらめねばならんな」

佐山博士《さやまはかせ》は、残念《ざんねん》そうに大きなため息をついた。

翌朝《よくあさ》早く、博士《はかせ》は信夫《のぶお》に手伝《てつだ》ってもらって、残《のこ》っていた鉛《なまり》の箱とスコップを持って洞穴《ほらあな》に向かった。ひと晩《ばん》ぐっすり寝《ね》たので、体力はだいぶ回復《かいふく》していた。

洞穴《ほらあな》には、ふたつの鉛《なまり》の箱をしばりつけたパイプの背負子《しょいこ》が岩のあいだにはさまっている。変顔《へんがん》が投げだしたものだ。博士《はかせ》と信夫《のぶお》は、背負子《しょいこ》から箱をおろし、持ってきたものといっしょに洞穴《ほらあな》の口においた。

「ふむ。これでひと安心じゃ」

洞穴《ほらあな》の外に目をやった博士《はかせ》は、ほっとしたようにつぶやいた。

「なにが安心なの、おじいちゃん」

「洞穴《ほらあな》の向こうが、わしが鉛《なまり》の箱を掘《ほ》りだしたところと同じ夏口《かこう》だからだよ。これで、箱をうめれば、すべてがもとどおりになり、ふたりはもどってこられる」

博士《はかせ》と信夫《のぶお》は、洞穴《ほらあな》の外に箱を持ちだすと、うまっていた場所にスコップで穴《あな》を掘《ほ》った。

穴《あな》を掘《ほ》りおえて、箱をおろそうとしたとき、

「おい、きさまたち、なにをしてい

る！」

とつぜん声が降《ふ》ってきた。見上げると、槍《やり》を持ったふたりの兵士《へいし》が、穴《あな》のふちに立っていた。

「こやつら、おかしなかっこうをしておる。あやしいぞ」

兵士《へいし》のひとりが、槍《やり》をつきつけた。

「これは、なんだ」

もうひとりの兵士《へいし》が、鉛《なまり》の箱に手をかけた。

「ああっ、それをあけちゃいかん！」

博士《はかせ》があわてて叫《さけ》んだが、兵士《へいし》はかまわずに箱のふたをあけてしまった。

「やっ、巻物《まきもの》だぞ」

「さては、こいつら、ぬすっとだな。どこかの寺からぬすんできたのであろう」

ふたりの兵士《へいし》は、顔を見あわせた。

「おれは、隊長《たいちょう》に報告《ほうこく》して、仲間《なかま》をつれてくる。お前はこいつらを見はってろ」

そういって、兵士《へいし》のひとりがかけさった。

「お前たち、おかしなまねはするなよ」

残《のこ》った兵士《へいし》は、槍《やり》をかまえて、穴《あな》の中の博士《はかせ》と信夫《のぶお》をゆだんなく見はった。

「おじいちゃん、このままだと、お夏《なつ》と蒼太《そうた》はもどれなくなるんじゃない？」

信夫《のぶお》が、心配そうにささやいた。

「うむ。なんとかしなくてはならんが……」

佐山博士《さやまはかせ》は、苦しげに顔をゆがめた。


一方、『三国志《さんごくし》』の世界では、蒼太《そうたい》と夏花《かか》のまわりで〈時間〉がどんどんぎゃくもどりしていた。

周瑜《しゅうゆ》の金糸猴《きんしこう》と黒風怪《こくふうかい》の大熊猫《パンダ》との死闘《しとう》から、孔明《こうめい》が十万本の矢を手にいれたときにもどり、さらに、張飛《ちょうひ》と呂布《りょふ》が冥府《めいふ》で戦《たたか》ったかと思うと、走無常《そうむじょう》が壁《かべ》の穴《あな》から出現《しゅつげん》し、孔明《こうめい》が赤狐《あかぎつね》をやっつけた。そして、変顔《へんがん》が舌《した》をかんで死んだつぎの瞬間《しゅんかん》、信助《しんじょ》が消えた。

「信助《しんじょ》、もどったみたい」

「ああ」

夏花《かか》と蒼太《そうたい》は、ほっとして顔を見あわせた。

そのあとも、〈時間〉はもどりつづけた。

申陽公《しんようこう》のいけにえ騒動《そうどう》――死者の町からの大脱出《だいだっしゅつ》――孔明《こうめい》と妖怪孔明《ようかいこうめい》との対決《たいけつ》――張飛《ちょうひ》と妖怪《ようかい》の飲みくらべ――牛にされた孔《こう》明《めい》と張飛《ちょうひ》――美女とごちそうにおぼれた孔《こう》明《めい》――狼婆《おおかみばば》との別《わか》れと出会い――古井戸《ふるいど》に住む蝦蟇《がま》の妖怪《ようかい》――樹木《じゅもく》の妖怪《ようかい》との戦《たたか》い――水鬼《すいき》をめぐる東河村《とうかそん》と西河村《せいかそん》の争《あらそ》いとつづき、さらに〈時間〉がもどって、ふたりは丘《おか》の中腹《ちゅうふく》のような場所に立っていた。

目の下に雑木林《ぞうきばやし》が広がり、その向こうに一すじの川の流れが見えた。そして、川の向こう岸には城壁《じょうへき》のようなものが見えかくれしている。

「あっ、この景色《けしき》、見たことある！」

夏花《かか》が叫《さけ》んだ。

「夏口《かこう》だよ。おれたちが洞穴《ほらあな》をでて最初《さいしょ》に見た景色《けしき》だ」

「蒼太《そうたい》、あんたの着ている服！」

「お前だってさ」

夏花《かか》と蒼太《そうたい》は、おたがいを指さした。ふたりとも、未来《みらい》の世界の服になっていた。

「ってことは、時間が、あたしたちが洞穴《ほらあな》をでたときにもどってるんだ」

「そうだよ。あとは洞穴《ほらあな》を抜《ぬ》けるだけさ」

そういって、蒼太《そうたい》がうなずいたときだった。

「何者だ、きさまら！」

われがねのような声が降《ふ》ってきた。ふりむくと、蛇矛《じゃぼう》を持った張飛《ちょうひ》が、大きな丸い目をらんらんと光らせて、仁王立《におうだ》ちになっていた。

「きさまら、見なれないかっこうをしておるが、どこの国の者だ。子どものようだが、油断《ゆだん》はならぬ。曹操《そうそう》の間者《かんじゃ》であろう」

張飛《ちょうひ》の太い腕《うで》がいきなりのびてきて、右腕《みぎうで》で蛇矛《じゃぼう》といっしょに蒼太《そうた》をかかえこみ、左腕《ひだりうで》で夏花《かか》をかかえこんだ。


兵士《へいし》に見はられている穴《あな》の中で、信夫《のぶお》が佐山博士《さやまはかせ》にささやいた。

「おじいちゃん、ぼくが穴《あな》から飛《と》びだして、見はりに追いかけさせるから、そのあいだに箱をうめもどしちゃって。そうすれば、お夏《なつ》と蒼太《そうた》は『三国志《さんごくし》』の世界からもどれるでしょ」

「しかし、お前が捕《つか》まってしまったらおしまいじゃ」

「大丈夫《だいじょうぶ》だよ。うまくあいつをまいて、またここにもどってくる」

「うむ……そうするしかないか」

佐山博士《さやまはかせ》は、思いきったようにうなずくと、いきなり穴《あな》のふちに立っている兵士《へいし》の足にしがみついた。

「お願《ねが》いです、助けてください！」

「な、なにをしやがる！」

不意をつかれた兵士《へいし》は、すとんとしりもちをついた。そのすきに、信夫《のぶお》は反対側《がわ》から穴《あな》を飛《と》びだし、雑木林《ぞうきばやし》にかけこんだ。

「あっ、このやろう！　待て！」

兵士《へいし》はあわてて立ち上がり、しがみついている博士《はかせ》をけとばすと、信夫《のぶお》を追っていった。

「信夫《のぶお》、捕《つか》まるなよ」

博士《はかせ》は、いのるようにつぶやくと、起き上がって、鉛《なまり》の箱を穴《あな》にいれはじめた。

『三国志《さんごくし》』の世界では、張飛《ちょうひ》が両腕《りょううで》に蒼太《そうたい》と夏花《かか》をかかえこみ、雑木林《ぞうきばやし》をのっしのっしと歩いていた。

「ちょっと、どうなってんのよ」

夏花《かか》が、張飛《ちょうひ》の腹《はら》ごしに蒼太《そうたい》を見た。

「これじゃあ、はじめからやりなおしじゃん」

「なぜか分からないけど、時間の逆流《ぎゃくりゅう》が止まって、こんどは前にすすみはじめたらしい」

蒼太《そうたい》はいった。

「だから、同じ出来事がくりかえされてるんだと思う」

「じゃあ、またおんなじ妖怪《ようかい》と出合って、赤壁《せきへき》の戦《たたか》いまでいくわけ?」

「それだけじゃなくて、赤壁《せきへき》の戦《たたか》いまでいったら、また時間が逆流《ぎゃくりゅう》してはじめまでもどって、それからまた前にすすみはじめて赤壁《せきへき》の戦《たたか》いまでいって……そうやって時間がぐるぐるまわって、おれたち、『三国志《さんごくし》』の世界から永遠《えいえん》にでられなくなるかもしれない」

「そんなの、やだ! お願《ねが》いだから、時間よ、逆流《ぎゃくりゅう》してえ!」

夏花《かか》は絶叫《ぜっきょう》した。

佐山博士《さやまはかせ》は、ようやく三つの鉛《なまり》の箱を穴《あな》にうめもどした。

「信夫《のぶお》はまだか」

不安にかられながらあたりを見まわしていると、がさがさと草をかきわける音がして、信夫《のぶお》が雑木林《ぞうきばやし》から飛《と》びだしてきた。

「おじいちゃん、もどったよ!」

「おお、よかった。さあ、早く洞穴《ほらあな》へ!」

佐山博士《さやまはかせ》と信夫《のぶお》は、身をひるがえして洞穴《ほらあな》にかけこんだ。

「静《しず》かにせい!」

張飛《ちょうひ》は一喝《いっかつ》して、雑木林《ぞうきばやし》を歩きつづけた。しばらく行くと、林を抜《ぬ》けて細い道にでた。道の向こうは、草のしげったゆるやかな斜面《しゃめん》で、その先に銀色に光った川がうねっている。

ぴーぴーぴーという草笛《くさぶえ》の音が、斜面《しゃめん》のほうから聞こえてきた。見ると、斜《しゃ》面《めん》のなかほどで、一頭の馬が草を食んでいて、そのわきに腰《こし》をおろしている人が吹《ふ》いているようだ。

と、そのとき。

銀色に光る川や腰《こし》をおろしている人、草を食んでいる馬、ゆるやかな斜面《しゃめん》に無数《むすう》の割《わ》れ目がはいり、ばらばらとくずれおちた。

「時間が逆流《ぎゃくりゅう》するぞ！」

蒼太《そうた》が叫《さけ》んだ。

つぎの瞬間《しゅんかん》、蒼太《そうた》と夏花《かか》をかかえていた張飛《ちょうひ》に亀裂《きれつ》がはいり、ばらばらとくずれおちると同時にふたりの目の前に、見おぼえのある景色《けしき》が広がった。目の下に雑木林《ぞうきばやし》、その向こうに一すじの川の流れ、そして、川の向こう岸に見えかくれする城壁《じょうへき》。うしろをふりかえると、洞穴《ほらあな》が口をあけている。

「もどった！」

「もどったのね！」

蒼太《そうた》と夏花《かか》は歓声《かんせい》を上げた。そのとき、

「いたぞ！」

「さっきのじじいとガキの仲間《なかま》だな」

「逃《に》がすな！」

叫《さけ》び声《ごえ》とともに、槍《やり》を持った四、五人の兵士《へいし》が雑木林《ぞうきばやし》をかけ上がってきた。なぜかわからないが、ふたりを捕《つか》まえようとしているようだ。ふたりはあわてて洞穴《ほらあな》に走りこんだ。

洞穴《ほらあな》の中は暗く、大小の岩がごろごろしていて、うっかりするとつまずいて大けがをしそうだった。蒼太《そうた》と夏花《かか》は、手さぐり足さぐりで先にすすんでいった。しばらくすると、うしろのほうからわめき声が聞こえてきた。兵士《へいし》たちが走りこんできたのだろう。

「急ごう」

蒼太《そうたい》は、夏花《かか》をうながして足を早めた。

ようやく前方と足もとが明るくなってきて、洞穴《ほらあな》の出口にたどりついた。ほっとしたとたん、「きゃっ、やめて！」と夏花《かか》が悲鳴を上げ、蒼太《そうたい》もいきなりえりがみをつかまれた。ふり向くと、目のつり上がった兵《へい》士《し》がうすわらいをうかべていた。すぐわきで、夏花《かか》もふたりの兵士《へいし》に腕《うで》をおさえつけられている。

「はなせ！」

「はなしてよ！」

ふたりともはげしく抵抗《ていこう》したが、兵士《へいし》たちはかまわずに、ずるずると岩のあいだをひきずっていこうとする。そのとき、洞穴《ほらあな》全体がぐらっとゆれた。ゆれは一瞬《いっしゅん》でおさまった。蒼太《そうた》と夏花《かか》は、両手をついて体を支《ささ》えた。洞穴《ほらあな》には、ふたりのほかにだれもいなかった。えりがみを捕《つか》まえていた兵士《へいし》も、腕《うで》をおさえつけていた兵士《へいし》も、はじめからいなかったみたいに、消えていた。

「あいつたち、どうしちゃったんだろう」

夏花《かか》が首をひねった。

「たぶん、『三国志《さんごくし》』の世界にもどったんじゃないかな」

蒼太《そうた》がいった。

「えっ、どういうこと？」

「今のゆれが、最後《さいご》の〈時間〉の逆流《ぎゃくりゅう》だったんだと思う。それで、すべてがもとにもどった――つまりさあ、この洞穴《ほらあな》がタイムトンネルじゃなくなって、ただの洞穴《ほらあな》になったってことだよ」

蒼太《そうた》は立ち上がって、夏花《かか》に手をさしだした。

「さあ、行こうぜ。信夫《のぶお》と佐山博士《さやまはかせ》が待ってる」

ふたりは手を取りあって、洞穴《ほらあな》をでた。明るい光がふたりをつつんだ。向こうから、ふたつの人影《ひとかげ》がゆっくりと歩みよってきた。

「お帰り」

「お帰り」

信夫《のぶお》と佐山博士《さやまはかせ》が、にこにことわらいながら手をさしだした。

作者　三田村 信行（みたむら のぶゆき）
一九三九年東京都に生まれる。早稲田大学文学部卒業。幼年童話から大長編まで幅広く活躍している。『風の陰陽師』（ポプラ社）で巌谷小波文芸賞、日本児童文学者協会賞を受賞。主な作品に「きつねのかぎや」シリーズ、「妖怪道中膝栗毛」シリーズ（ともにあかね書房）、「キャベたまたんてい」シリーズ（金の星社）、『おとうさんがいっぱい』『ふたりユースケ』（ともに理論社）、『安寿姫草紙』（ポプラ社）ほか多数。東京都在住。

画家　十々夜（ととや）
富山県に生まれる。大阪美術専門学校卒業。ゲームのイラストからキャラクターデザイン、児童書の挿画まで様々な分野で活躍している。挿画の作品として「妖怪道中膝栗毛」シリーズ（あかね書房）、「ルルル♪動物病院」シリーズ、「アンティーク FUGA」シリーズ（ともに岩崎書店）、「サッカー少女サミー」シリーズ（学研）、『おなやみ相談部』（講談社）ほかがある。京都府在住。

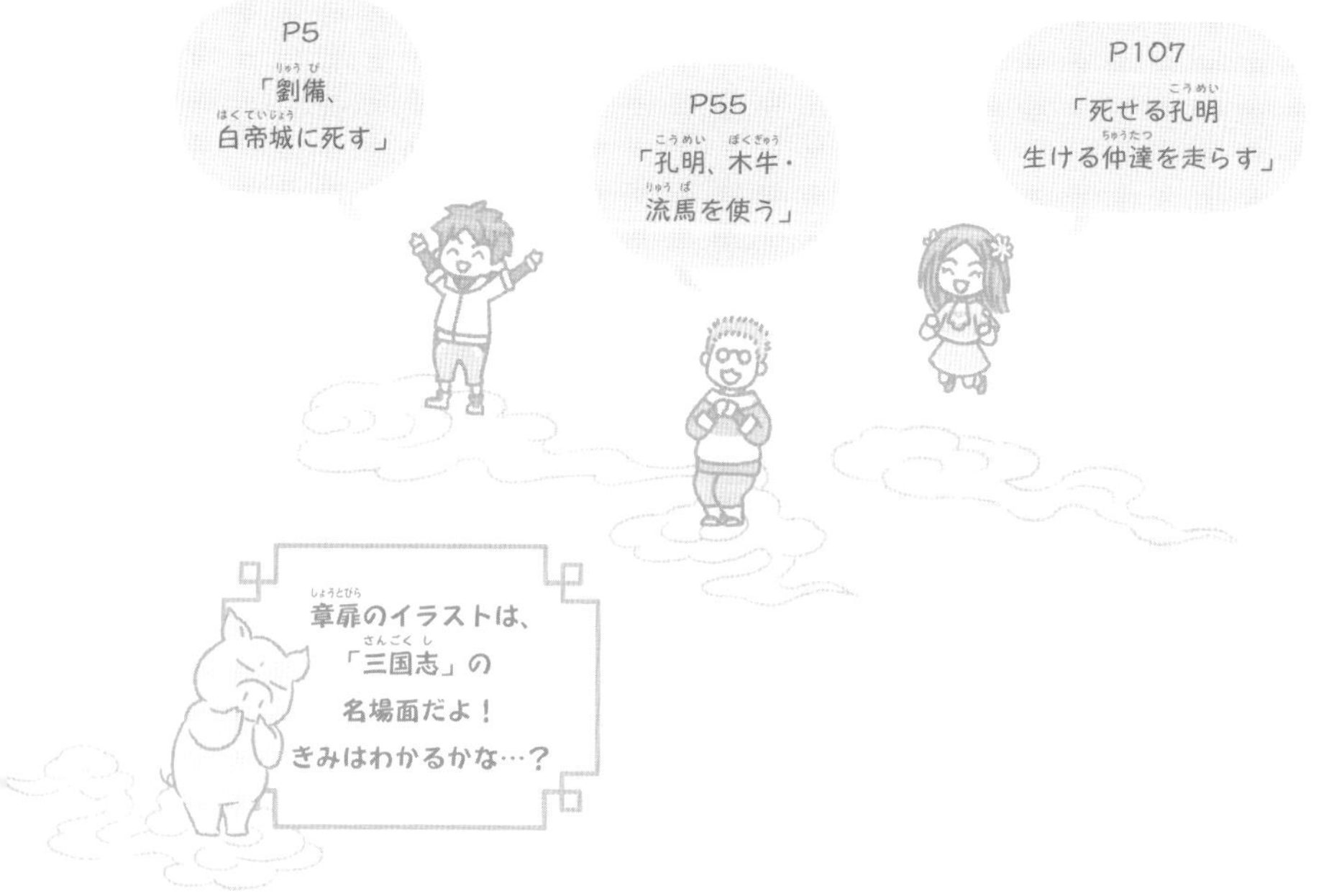

妖怪道中三国志・5
炎の風吹け妖怪大戦
二〇一七年十一月 初 版
二〇一八年 七 月 第二刷
作 者 三田村信行
画 家 十々夜
発行者 岡本光晴
発行所 株式会社あかね書房
〒一〇一－〇〇六五
東京都千代田区西神田三－二－一
電 話 〇三－三二六三－〇六四一（営業）
〇三－三二六三－〇六四四（編集）
印刷所 錦明印刷株式会社
製本所 株式会社難波製本
装 丁 吉沢千明
NDC913 161ページ 21cm

ISBN978-4-251-04525-6
乱丁・落丁本はお取りかえいたします。定価はカバーに表示してあります。
https://www.akaneshobo.co.jp

赤《あか》狐《きつね》
蟒蛇
妖
妖